Bibliografische Information der Deutschen Nationalbibliothek: Die Deutsche Nationalbibliothek verzeichnet diese
Publikation in der Deutschen Nationalbibliografie; detaillierte
bibliografische Daten sind im Internet über www.dnb.de
abrufbar.

3. Auflage 2025

ISBN-13: 978-3-740-7090-37
© 2014 by Timothy Speed
Druck:
Libri Plureos GmbH, Friedensallee 273, 22763 Hamburg
© Coverbild by Getty Images / iStock / CSA Printstock
Stock illustration ID:22469182
http://www.timothy-speed.com
info@timothy-speed.com

Stieren des Weltdesigners

Sehr geehrter Herr Speed,

wie bereits telefonisch angekündigt und nach nochmaliger reiflicher Überlegung, müssen wir Ihnen heute leider mitteilen, dass Ihr Titel „Stieren des Weltdesigners" aufgrund seines Inhaltes den Grundsätzen unseres Unternehmens widerspricht und wir es deshalb nicht vertreten können, ihn unter unserem Namen zu vertreiben. Daher haben wir von unserem im Buchvertrag festgelegten fristlosen Kündigungsrecht (Punkt 7.5 und Punkt 7.7) Gebrauch gemacht und Ihre Buchdaten löschen lassen.

Selbstverständlich veröffentlichen wir Ihren Titel, sofern der Name der Firma Red Bull nicht mehr genannt wird.

Wir bitten um Ihr Verständnis.

Mit freundlichen Grüßen

Stieren des Weltdesigners

Ein neurodivergenter Roman

von

Timothy Speed

Episode 1: Die verlorene Ordnung   11

Episode 2: Ich bin Jane   79

Episode 3: Die Serie, die niemals   97

Episode 4: Auf Abwegen ins Ziel   111

Episode 5: Ein Red Bull für alle Fälle.   127

Episode 6: Sich erstmal näher kennenlernen   135

Episode 7: Zweifel im Selbstbild   141

Episode 8: Der Beklemmung entfliehen.   145

Episode 9: Bittere Wahrheiten   161

Nachwort über den Autor   177

Episode 1: Die verlorene Ordnung

1

»*Als Timothy Speed tragen Sie einen gebürtigen Namen, der stets vermuten lässt, dass Sie nicht real, sondern eine Art Romanfigur, wie Robin Hood oder Batman sind. Offenbar hat dies Ihr Leben geprägt, Sie dazu verleitet zu glauben, Sie seien zu mehr in der Lage. Dabei ist jedem vernünftigen Menschen klar, dass Sie damit aufhören müssen, Lösungen für die Probleme dieser Gesellschaft zu suchen, wenn Sie sich das finanziell nicht leisten können! Haben Sie das verstanden?*«

Ich verspürte eine dezente Verwirrung, die ich durch Höflichkeit zu überdecken versuchte. Dabei erinnerte ich mich an den Vorwurf älterer Herren, dass man nur als Pubertierender die bestehenden Verhältnisse kritisiert und wer dies wie ich nach 40 noch tue und aussehe wie ein Medienkreativer, habe schlicht nicht verstanden, wie die Welt funktioniert.

»*Sie müssen Verantwortung übernehmen*«, *wiederholte er energisch, als spräche ich kein Deutsch. Etwas verursachte ein Gelächter im Saal. Ich war mir nicht sicher, was es war. Die Meisten sahen aus wie typische Berliner angesagter Viertel.*

»*Sie wollen damit also sagen, dass ich den Menschen zur Last falle, weil man mir keinen Job gibt, da ich die Verbesserung der Zustände im Kopf habe, sie erinnere an das, was getan werden*

muss, weshalb ich nicht zu ihnen passe«, fragte ich. »Statt bedingungslos in die gehorsame Produktion einzuwilligen?«
»Dies ist nur ihre subjektive Meinung. Sie können nicht belegen, dass Sie tatsächlich eine konkrete Lösung liefern werden. Bis zu diesem Zeitpunkt fallen Sie uns allen zur Last. Man muss sich mit Ihnen beschäftigen. Wir aber haben diese Lösung angeboten. Einen sicheren Arbeitsplatz. Dafür müssen Sie endlich aufhören mit ihrer Unordnung ...«
»Ordnung«, unterbrach ich lautstark.
»Das Andere können Sie nebenher tun.«
Einen Moment war es still, als erwarteten alle eine Aufklärung, einen Hinweis.

Ich stand auf: »Nichts Wesentliches kann nebenher erreicht werden. Das, was Ihrer Ansicht nach nebenher passieren soll, ist das, was das Leben ausmacht. Die Familie, die eigenen Visionen, das Unbehagen mit den Zuständen und Auswirkungen Ihrer Politik. Dies nebenher zu tun, bedeutet im Widerspruch zur eigenen Integrität und Würde zu leben. Eine Lüge zu leben. Ohne freien Willen.

Weil wir das, was wir wissen, in uns drinnen, das Recht eines Individuums auf sein eigenes Weltbild, ignorieren sollen, für äußere Ordnung, die nicht mehr stimmt, uns aber unserer eigenen Vorstellungen, Ideen und Entwicklungsprozesse berauben will, als seien diese überflüssig und nicht die Antworten von Morgen. Mitten in der größten Krise der Menschheit.«
Einige im Saal lachten.
»Unordnung«, brüllte er.
»Ordnung«, brüllte ich. »Nein, Mensch sein ist ein selbstbestimmter Fulltimejob, um den man sich ständig kümmern muss, während das Funktionieren die Ausnahme darstellt, von der Natur nur als Fluchtmechanismus gedacht, ausgelöst von Angst, angesichts echter Bedrohung.

Ihresgleichen aber haben die Bedrohung um ihrer selbst willen zum Naturgesetz erklärt. Weil sie das gedankenlose Funktionieren wollen. Sie somit bewusst eine Gesellschaft erschufen, die nach 2000 Jahren Anpassung an die Gefahr nur noch dysfunktional ist, ohne inneren, natürlichen Kompass, unmoralisch, panisch, um maximale Abhängigkeit von den Parasiten, wie Ihnen, zu erreichen. Bis wir vergessen, wer wir in Wahrheit sind.«

Der Richter, der sich nun tatsächlich mehr wie ein Insekt bewegte, sah mich stoisch an und ein innerer Konflikt ließ ihn den Raum sprachlos verlassen. Die anderen Organe schauten irritiert. Zwei Hirne in Gläsern, eine Leber und kein Herz.

2

»Wie lange willst du das durchhalten, Speed«, fragte Jane am Küchentisch, während sie Zwiebeln schälte und in kleine Stücke schnippelte. Es war kurz vor dem Abendbrot. »Diese andere Position. Sie ist doch sehr anstrengend. Wenn sich nun doch keine neue Ordnung zeigt? Es wäre umsonst, dass Du versuchst Dich zu verlieren, bis das Unbewusste hervor kommt.«

Ich sehnte mich nach einem Kindergeburtstag in den 80er Jahren. Vergilbte Neonfarben, Heimatfilm und ein Glas Milch mit Schokoladentorte. Später eine Folge der Augsburger Puppenkiste.

»Was meinst du«, fragte ich nichts Böses ahnend und fügte mit Superkleber die Zwiebelstücke wieder zusammen, bis es wie ein großer Würfel aussah.

»Dieses bedingungslose Ernstnehmen der Regeln«, erwiderte sie und schüttelte den Kopf.

»Der Mensch muss verdauen. Das wissen doch alle«, sagte ich und starrte mit ernster Miene die Zwiebeln an, während ich nachdenklich das Zwiebelgebilde drehte, welches nun entfernt an einen Zauberwürfel aus den 80er Jahren erinnerte.

»Aber doch nicht so«, meinte Jane schnippisch und schob einige der Stückchen beiseite, um sie anschließend in die Pfanne zu geben.

»Seit dem Gerichtsurteil halte ich mich strikt an die Regeln. Die Regeln sind die Wirklichkeit. Darum sind sie richtig. Wenn ich sie umsetze, kann mir nichts passieren.«

3

»Das Berlin, von dem Sie vermutlich gehört haben, ist das Berlin in dem Investoren leben, Ausländer und junge Kreative, zwischen Baulücken, in Wagenburgen oder teuren Loftwohnungen im Prenzlauer Berg«, trug ich anschließend einem jungen Journalisten aus Sachsen vor, der seit zwei Stunden in unserer Küche saß. Er hatte von unserer letzten Aktion gelesen, interessierte sich anders als viele seiner Altersgenossen für eine Gruppe von Kreativen und politischen Einzelgängern, die ein ungewöhnliches Selbstbewusstsein in sich trugen, trotz der prekären Lage.

»Sie haben von den Museen gehört, von den edleren Straßen und den heruntergekommenen Vierteln der Studierenden und Randgruppen. Sie wissen schon, wie ich das meine?«

Da war etwas Hastiges an mir. Er schien mir nicht folgen zu können und trotzdem erwiderte er ungeduldig: »Ja, natürlich, und?«

Ich fuhr etwas genervt fort. Vielleicht weil ich mir das nicht antun musste und es eine undankbare Rolle war. Einen Moment hielt ich inne: »Nur selten aber spricht jemand von dem, was da ist, noch bevor man die Gebäude am Potsdamer Platz betrachtet oder sich zwischen den Studenten am Checkpoint Charly fotografieren lässt, die sich als Soldaten einer vergangenen Epoche verkleidet haben, um eine Karikatur der Geschichte zu spielen, die in China oder den USA wie der Sieg der Freiheit aussieht.

Noch ehe Sie im jüdischen Museum waren oder in der Kuppel des Reichstags werden Sie es deutlich spüren! Diese allgegenwärtige Unruhe, diese Erosion, die Kreativität einer Abrissbirne, die nicht erschafft, sondern im Verbrauch, im

Tanz der langen Nächte in den Berliner Clubs, im Zehren vom Image jener Überreste lebt, die Touristen und Gäste aus aller Welt hier hinterlassen haben. In Form von Erwartungen und Hoffnungen, die zu Zitaten geworden sind. Wer bin ich, wenn niemand mehr eine Utopie zu leben vermag, und alles schon da war und ich nur eine weitere Kopie davon bin? Ein Produkt.«

Er sah mich ungeduldig an und ich holte bewusst weiter aus, so als wäre es ein Vortrag und kein Gespräch.

»Berlin schafft vielleicht seit Jahrzehnten nichts Neues mehr aus sich selbst heraus, weil die Stadt sich selbst nicht zuhören, sich ihrer selbst nie bewusst werden kann. Wegen ihrer Größe und dem Fehlen eines inneren Kerns, ist sie verbannt, sich durch die Augen der Anderen zu sehen. Durch die Augen jener, die nichts selbst erfahren haben, sondern neu sind. Und wer neu ist, hält sich zunächst an die Regeln, bleibt an der Oberfläche, lebt wie ein unverbindlicher Nomade und vereinfacht die Dinge.«

»Es ist doch gut, wenn das Leben einfacher wird. Wo doch alle an der Krise leiden«, unterbrach der Journalist etwas erschöpft von meinem Monolog.

Er nahm mich noch immer nicht ernst, da ich vielleicht kindlich albern erschien, weil ich derart heroisch tat, mein Berlin ein symbolhaftes Berlin war, wie der Turm zu Babel und man sich im Prenzlauer Berg eher wissend reserviert gab. Nichts sollte einen Verdacht auslösen. Alle waren bemüht, die Dinge an ihrem richtigen Platz zu belassen.

Ich nahm die Plüschmütze mit dem Wildschweinkopf wieder ab und stöhnte: »Berlin ist entscheidend für jene, deren Schmerz es lindert, dass die Stadt der Freiheit in Mitten Europas tatsächlich existiert, wie ein Mahnmal, eine Versicherung, dass Europa die Dunkelheit besiegt hat. Eine Ausrede. Eine Identität. Keine Überraschung.«

Weil man doch in einer Spaßgesellschaft lebt, dachte ich. Darum vielleicht wollte ich ihn langweilen. Und als spreche ich durch ihn, als wäre er eine Marionette in meiner Welt. Das war nur konsequent, hatte ich mich doch entschieden, in diesem Experiment radikal die eigenen Verhältnisse darzustellen. Das Unbewusste zu leben. In der Absicht dadurch etwas Neues zu erfahren, mich zu befreien von der mörderischen Klarheit. Dies schien mir der einzige Weg, in einer scheinbar aufgeklärten Welt. Es ist das Jahr in dem Griechenland geopfert wird und die Investoren alles übernehmen. Der Drohnenkrieg tötet still und leise und der Westen ist in leicht konsumierbaren Erklärungen, Lösungen und Rechtfertigungen gefangen. Ein Automatismus der Verwaltungen säubert die Welt von irrationalen Auffälligkeiten.

Ich fuhr fort und ignorierte sein Bedürfnis nach einem Punkt, nach einer klaren Relevanz, mit der man Geld machen konnte, oder einer simplen Erklärung, die witzig, kurzweilig und leicht zu verdauen wäre.

»Dabei ist es, als lebten wir in einem Reiseführer. Wir wissen, dass Berlin, dass der viel bessere Westen ein Fake ist, aber sind bereit alles zu akzeptieren, wenn wir nur ein normales Leben innerhalb einer Marke leben dürfen, durch die wir wissen, wer wir sind. Das will ich nicht mehr. Das kann ich nicht«, sagte ich mit Nachdruck und stand, um meinen Protest zu unterstreichen, wieder auf.

»Setz dich doch«, forderte Jane, die fand, dass ich wieder übertrieb und es nicht höflich gegenüber unserem Gast war, diese vielen Fragen aufzuwerfen, ohne darauf eine plausible Antwort zu geben.

Warum sagte ich es in den leeren Raum hinein und sah dabei niemandem in die Augen? Ohne Dialog. Ohne eine Antwort zu erwarten. Als wäre es mir selbst unangenehm, als müsse ich es wegdrücken, fort von mir. Das hätte dann ein Anderer mit meinem Körper gesagt und es hätte keine Konsequenzen. Nichts darf mehr Konsequenzen haben, wo das Reale durch die Erklärungen der Experten ersetzt wurde. Nähe suche ich. Nähe will ich erfahren, aber das bedeutet Bruch mit mir selbst, mit dem Fremdbild, mit allem, was ich sein muss, um eine verwertbare Existenz haben zu dürfen.

Jane riss eine Kuchenpackung von Kaisers auf und machte überall reichlich Sprühsahne drauf. Ganz ordentlich und ein wenig traurig. Woher kommt nur die Traurigkeit? War doch niemand von uns im Krieg. Oder gerade darum. Etwas bleibt zurück, sieht man nicht mehr hin.

War es nicht das, was uns von den Maschinen unterschied, dass wir dem Unkonkreten, dem Unbewussten Bedeutung gaben? Dass wir uns entscheiden konnten, nicht zu funktionieren und stattdessen in Beziehungen zu existieren. Beziehung ist Reibung. Ein Prozess, der im Unwissen beginnt. Die Sahne, der Journalist, ein Stück Kuchen, die Welt und ich. Ein anderer Weg die Griechen zu befreien. Da ich es nicht besser weiß. Weil ich es zunächst überhaupt nicht weiß, sondern versuche die Verhältnisse zu leben. Weil es eine Sprache ist. Meine Sprache.

Selbst an der materiellen Gegenständlichkeit unserer Küche musste ich zweifeln und mich fragen, ob es nicht psychologische Symbole waren, wie in einem Traum.

Amerika hat uns verraten. Europa hat uns verraten. Das Fernsehen hat uns verraten. Was nicht harmlos und unschuldig tut, erzeugt Angst vor der Bedeutungs- und Sinnlosigkeit des Einzelnen. Der Ruf nach den Rattenfängern ist stark und es gibt keinen Beweis mehr dafür, dass das, was ich tue, das Richtige ist. Nachdem wir die Kriege nicht verhinderten, weil es bequemer war, die Produkte der Mörder, der Globalplayer mit den lächelnden Fratzen zu kaufen. Let´s be happy, happy, happy! Alles klar?

Alles was wirklich ganz sicher erscheint, ist der allseits drohende Ausschluss aus der Herde der unpolitischen Massen.

»Meine Wahrheit lautet: Es gibt keine Wahrheit mehr, die sich formulieren ließe. Alles was mir bleibt, ist das Schöne und das Klare, die Sprache des Marketings abzulehnen und den sperrigen Gedanken zu leben, der erstmal frustriert, schmerzt, einen ohne Linderung belässt, wie in einem kalten Entzug. Das Unwohl-sein bleibt und ich lasse es bleiben. Nur dadurch kann ich dem Griechen in mir begegnen.

Kein Wort hat den Anspruch die Wahrheit zu verkünden. Aber zumindest verkünde ich auch keine Lügen mehr.

Das Unbehagen, verbunden mit dem Gefühl, man sei ihm eine Antwort schuldig, ein Produkt, ein Ergebnis, ließ den Journalisten an uns kleben, wie Fliegen an faulendem Fleisch. Die Nützlichkeit meiner Ausführung würde sicherlich gleich kommen, um dann von ihm abgelehnt und widersprochen zu werden.

»Mich macht es auch wahnsinnig«, entschuldigte mich Jane, lächelte kurz und gab dem Gast noch Sprühsahne: »Weil er dieses Unbehagen in einem erzeugt. Man möchte ihn erwürgen. Finden Sie nicht auch?«

Ich trat ihr unterm Tisch gegen das Schienbein. Sie schrie »Aua« und der Journalist wirkte beunruhigt. Er wollte gehen. »Ich weiß nicht genau«, sagte ich und er nahm Platz und fühlte sich besser. Jane schenkte ihm nach.

Ich ging um den Tisch und verschob bedeutend Dinge. Geschirr. Den Stuhl. Schließlich drehte ich Janes Kopf ein wenig. Die Angst, ein eigenständiger Mensch zu sein, der nicht in fünf Sekunden bereits verstanden werden kann. Der es Wert ist, dass man sie oder ihn nicht als Sonderling abtut, sondern sich mit dem Menschen beschäftigt. Ein Gedanke. Ich hatte mich entschieden für etwas zu stehen und gleichzeitig zweifelte ich. Am Anfang war es Fake und Inszenierung. Das musste es sein, weil es ein bewusster Akt war, unbewusst zu agieren. Natürlich konnte es nur mit der Zeit werden.

»Er ist sich schon im Klaren, dass er hier in meiner Küche steht. Er hat keinen Schaden, oder so was«, erklärte Jane dem Journalisten und gab ihm noch Kakao mit einem Mickey Mouse Löffel. Alles wirkte nett und liebevoll. Auf diese Weise vergingen einige Minuten, in denen wir nur da saßen und mit dem Kopf wippten, als würden wir alle zustimmen, ohne darauf eingehen zu wollen.

In die Stille hinein sagte ich gefasst: »Unsere Regierungen töten Unschuldige am anderen Ende der Welt und nichts passiert. Die Verhältnisse sind geklärt. Welche Bedeutung hat es, ein Wort darüber zu verlieren, welches das Grauen in intelligente oder schöne Begriffe kleidet, wenn diese Worte nichts mehr verändern? Weil es dazu keine persönliche Emotion, keine persönliche Erfahrung gibt. Sondern nur ein Nachplappern von Meinungen, mit denen man nichts falsch macht und kundenfreundlich bleibt. Muss ich da nicht Irritation leben, mich als westlich geprägten Geist zerstören, damit ich konfrontiert werde, ich die Verunsicherung zulassen kann, die mich erst menschlich macht? Ich will nicht mehr der borniete Vertreter einer besseren Welt sein, die den ganzen Planeten quält, weil alle besser werden sollen.

Ich kenne mich selbst nicht genug, um zu wissen, was ich denke. Denn ich sehe mich nur mit Euren Augen - und wenn ich auch nur einen Moment von Eurer Vorstellung abweiche, wollt Ihr mich loswerden, weil uns neu kennenzulernen ein Risiko ist. Hier werde ich von keiner Bombe erschlagen, sondern krepiere durch den Umstand nicht ausreichend austauschbar und banal zu sein.«

Das Zimmer wirkte jetzt noch kleiner. Als kämen die grauen Wände näher. Jane und der Journalist starrten auf den Tisch, wo eine Comicfigur von dem Teller grinste.

»Nun gut«, unterbrach der Journalist plötzlich.

»Warten Sie«, sagte Jane und hielt ihn am Arm fest: »Wir sind noch nicht fertig. Wir müssen Ihnen noch mehr sagen.«

»Das, was wir nicht wissen, ist eine Erfahrung, die uns die Freiheit geben kann. Das ist meine Absicht«, ergänzte ich und lächelte ihn zum ersten Mal an. Später gestand er mir, dass es ihm in diesem Moment vorkam, als sei er an einer Verschwörung beteiligt. An etwas Verbotenem.

»Wenn es mir nicht möglich ist, einen Globalplayer an der Zerstörung der Umwelt zu hindern, kann ich wenigstens mein eigenes Image vernichten. Damit wir nicht alle gleich sind.«

»Man kann es in der Zeitung nicht lesen, wa? Was wirklich los ist«, ergänzte Jane leicht verunsichert und hielt sich an der Tasse fest.

»Meine Wut. Meine Wut ist los«, rief ich und lief rot an, vor Scham und Unsicherheit.

»Ja, ja«, beendete Jane meine Ausführungen. Mit einem leicht abwertenden Ton, wie sie es immer tat, wenn ich plötzlich einen intellektuellen Vortrag hielt, während alle Anderen sich mit profanen Problemen des Alltags beschäftigen mussten.

Jane schob ihm ein Butterbrot hin und der junge Mann, der wie wir alle ein wenig danach aussah, als wäre er aus einem Musikvideo gefallen, lächelte. Das machte sich gut vor der grünen Retrotapete mit den orangenen Punkten. Eine Weile starrte ich die bunten Fliesen an. Der Wind wehte von der offenen Balkontüre herein.

»Was erwarten Sie? Sollen wir alle Psychotherapie machen«, fragte er plötzlich lachend und durchbrach die drückende Stille. Dann sah er Jane an, deren Gesicht nun wieder versteinert war. Für einen Moment zweifelte ich, ob ich ihm diesen persönlichen Gedanken, der sich noch zerbrechlich anfühlte, angreifbar, wirklich würde näher bringen können, ohne dass es nach einem eindeutigen, politischen Lager klang. Nach einer Feststellung, nach der man aber weitermacht wie bisher.

Ich tat, als fühlte ich mich gedemütigt und setzte mir die Mütze wieder auf. Zur Unterhaltung. Jane hielt meine Hand. Er versuchte es zu rationalisieren. Fragte sich, in was er hier hinein geriet. Eine bedrückende Situation, die ihn zugleich faszinierte. Was hatte ich nur vor?

Ich kicherte. Er bekam es mit der Angst. Seine Gesichtszüge wechselten zwischen kritischem Ernst, höflichem Lächeln und der Verzweiflung nicht gehen zu können. So, als habe ein dämonischer Clown ihn gefangen genommen. Zwei Menschen, die er zuvor für politische Aktivisten gehalten hatte, deren Thesen er mit wenigen Sätzen als linke Spinnerei abtun wollte.

»Sie sind ein Idealist«, unterbrach er und wusste selbst, dass es nicht stimmte. Abwartend starrten wir einander an. Einen

Moment lang war es kalt und klar, wie an einem Novembermorgen. Er hatte dies gesagt, als könne er nun gehen. Als habe er seine Schuldigkeit getan. Allein seine Nutellastulle und das Gefühl, dass Jane ihn vielleicht verstand, ihm Sicherheit geben könnte, hielten ihn fest. Er nahm sich vor, sie später im Treppenhaus zu fragen, was das Ganze sollte. Es wäre ein Scherz. Er und Jane würden über den komischen Speed lachen. Künstler halt. Exzentrisch aber harmlos.

»Es mag sein, dass mein Bestreben etwas Lächerliches hat, weil der Spott nach all dieser Zeit zu einem Teil von mir selbst geworden ist und ich zittere, dass mir die Achtung und Liebe nur zu Teil wird, wenn ich mich selbst lächerlich und harmlos gebe, um auf Facebook geliked zu werden«, erklärte ich ihm, als er mit Jane an der Küchentüre stand. Mit dem Rücken zur Wand: »Nur weil ich mich angreifbar mache, hören Sie mir noch zu. Ich will nicht, dass Sie mich ernst nehmen, weil Sie sich sonst abwenden, von der Gefahr, vor der ich Sie warnen will.

Ich stelle mich dem und sage wieder, dass niemand wissen kann wie ein freieres, neues Europa aussieht, ohne erneut Ungerechtigkeit und neue Katastrophen aus Vereinfachung und Standardisierung zu gebären.«

Nun blickte auch Jane entsetzt, als würde ich zu weit gehen und unseren Gast endgültig vertreiben.

Er schüttelte den Kopf, stöhnte: »Ja, ja...«, und tippte weiter Notizen in seinen iPad.

Das Unbehagen verfolgte ihn, hatte sich wie ein Virus an seinen Körper geheftet.

Rückblickend kam es dem Journalisten vor, als habe er mehrmals den Raum verlassen und sei wie in einem Labyrinth jedes Mal erneut in Janes Küche gelandet. Am Abend besorgte er sich eine Frau zum Ficken. Er nahm Drogen, betrank sich und hatte schlechte Laune. Sein Leben kam ihm wie Verschwendung vor. Die Kleine lachte die ganze Zeit und kicherte. Er nahm sie ganz fest und zog sie mehrmals kräftig an sich heran, als wolle er ihre Körperhaftigkeit begreifen, ihre

Schwere, ihre Banalität. Alle paar Minuten sagte er Sätze wie: »Das ist geil«, oder: »Es ist wirklich aufregend mit dir.«
»Sag es nicht, wenn du es nicht meinst«, erwiderte sie. Es war Morgen, sein Schädel dröhnte und noch immer war der Artikel nicht fertig. Verkatert versuchte er die Begegnung runterzuschreiben, warf den Stift wütend auf den Boden, zog sich an und kehrte zu Janes Wohnung zurück. Er wurde das Gefühl nicht los, dass wir in seinem Unbehagen überlebten. Als hätten wir uns wie Parasiten in ihm eingenistet. Der einzige Weg das Unbehagen loszuwerden, wäre zu verstehen, warum wir derart sperrig waren und was das mit der Welt zu tun hatte.

Weiter in Janes Küche. Erbarmungslos. Zweiter Tag, noch vor dem Frühstück. Eine Kamera lief mit und er fragte irritiert: »Das ist eine Inszenierung. Sie macht mir Angst. Warum wollen Sie das nicht verstehen«, fragte er mit brummendem Schädel am Küchentisch, den sinnlich zu beschreiben ich ihm verboten hatte. Keine Farben, nichts was ablenkte oder unterhielt. Nur das nackte Wort, welches man nicht sofort verstand.

»Ja«, antwortete ich schlicht, ohne eine klare Antwort zu geben.

»Wie wollen Sie das machen? Eine Ordnung sichtbar machen, die unser wahres Selbst spiegelt. Sollen wir alle Drogen nehmen«, fragte er nun wieder zynisch, während er von Janes Heinzelmännchengeschirr aß und aus der SpongeBob Tasse trank: »Wie können wir herausfinden, wer wir wirklich sind und uns gleichzeitig OK finden und erfolgreich«, erwiderte ich und wollte nie wieder leicht verdaulich sein.

In all der Zeit hatte er die Sonderbarkeiten in Janes Wohnung nicht bemerkt. Dass es kaum Möbel gab. Bretter standen bereit, um die Fenster zu vernageln. Ich stand vor der rosavioletten Tapete, aß ein Stück Fleisch auf der flachen Hand und sprach: »Ich kann mich selbst unbewusst geben, andere Haltungen leben, darin scheitern, sterben und neu geboren werden. Bis ich die Existenz aller Menschen in allen möglichen

Variationen, bewusst und unbewusst durchlebt habe und somit selbst zu einer großzügigen und intelligenten Gesellschaft geworden bin.«

Doch warum wurde es dann niemals erklärt? Nie wurde einem ein Krieg erklärt.

Jane suchte noch immer nach dem Netzteil für ihr Handy, als ich das Fenster öffnete, weil die Luft bereits etwas stickig wurde. Ich machte die Kerze wieder an, was dem jungen Mann seltsam erschien, sah man die Flamme im einfallenden Sonnenlicht doch kaum. Feuer! Feuer! Was ginge nur in mir vor? Der viel zu junge Journalist konnte sich der Übermacht unseres neuen, inszenierten Lebensstils nicht erwehren, lehnte sich nachdenklich zurück und versuchte wie ein Gelehrter Argumente in seinem Kopf zu sortieren, weil ihm das zu passen schien und schon hatte er eine Schublade, die ihn beruhigte. Als triebe ihn eine Scham, in unserem Spiel nur schwer mithalten zu können: »Aber wie wollen Sie dieses Unsichtbare, die verborgene Welt sichtbar machen? Die Welt außerhalb des Marktes, in dem wir Ihrer Meinung nach alle Produkte sind. Stereotyp aber glücklich. Wir brauchen sie doch nicht. Diese andere Welt. Dieses authentische Ding. Es geht uns auch ohne gut. Das mag Ihr privater Weg sein, aber darauf kann man doch keine Gesellschaft gründen, die Standards benötigt und allgemeingültige Vorgaben? Wo ist die große Idee? Wenn Sie sich in das Chaos der eigenen Subjektivität stürzen, kapseln Sie sich doch von der Welt ab und wir müssen Sie dann durchfüttern, in Ihrer Fantasie von Beziehungen die überhaupt nicht existieren! Das bringt uns überhaupt nichts.«

Ich nahm eine Packung Mehl: »Man muss es mit Mehl bewerfen, wie alles, was unsichtbar ist. Das Unbewusste muss mit Mehl beworfen werden«, rief ich und warf eine Hand voll begeistert in die Luft: »Weil es daran haftet und einen Umriss bildet. Statt Mehl nehmen wir das eigene Leben. Dem Unkonkreten kann niemand den Krieg erklären. Damit töten geht auch nicht.

In den kommenden Wochen, Monaten, vielleicht Jahren werde ich vergessen, wer ich bin, also wofür Sie mich halten und wofür meine Eltern mich hielten und was im Lebenslauf steht. Mal werde ich böse sein, vielleicht, dann dumm, dann intelligent, dann unerwartet. Es muss mir egal sein, was die Leute über mich und die Anderen denken. Ich werde ein lebender Crashtestdummy werden. Es ist ein Spiel. Weil es ein Spiel ist, werden sie es zulassen. Es erregt den Verdacht, es könne Spaß machen. Und ich werde die wahre Geschichte Griechenlands erzählen, ohne das Problem damit lösen zu wollen. Es wird schlicht eine neue Antwort gelebt, denn niemals kam den Experten in den Sinn, dass es darum gehen könnte, den Kontrollverlust zuzulassen, weil nur das menschlich ist.«

»Man könnte Sie für verrückt halten.«

4

Wir hatten einen alten, roten Reisebus gekauft. Es muss September oder Oktober 2011 gewesen sein. Vielleicht sollte ich nachsehen, es genau nehmen, weil genau eben individuell bedeutet, aber auch kompliziert. Das stimmt schon.

Eigenwilligkeit ist immer eine One Man oder One Woman Revolte. Sie will die Massen nicht beherrschen, weshalb der eigenwillige, ja groteske Rebell wenig sexy ist, aber dafür bereits die Freiheit lebt, von der er spricht, während der Putschist Tyrannei lebt und Freiheit predigt. Die eigenwillige Rebellin stirbt nicht heroisch, sondern wird zur Außenseiterin, zum Underdog. Später wird sie nachgeahmt, ohne dass man je ihren Namen nennen wird. Denn sie hat sich nicht mit simplen Lösungen aufgezwungen.

An diesem Tag hatten wir es nicht eilig. Die Fahrt würde noch Tage dauern. Ich erinnere mich, dass die Sonne schien. Nicht die ganze Zeit. Also man sagt das so. Weil das Leben dann unbedenklich ist, wie in der Werbung. Man kann so was ruhig wiederholen. Es beruhigt die Leute, wenn sich die Dinge wiederholen.

»Ein sonniger Tag. Ist doch ganz einfach«, unterbrach der Dicke von zwei Reihen hinter mir und ich verdrehte die Augen. Der Bus fuhr über ein Schlagloch und uns allen haute es die alkoholischen Getränke aus der Hand.

Als die Kiste Club Mate zu Ende ging, meinte Jane mit aufgerissenen Augen: »Ich halte das nicht mehr aus, Speed! Diese Ewigkeit, in der wir aufeinander hocken und uns mit uns selbst beschäftigen müssen. Einige haben schon abgestimmt, ob wir nicht anhalten und uns ein paar DVD´s kaufen und Schokolade. Damit wir zuordenbar werden.«

»Sei nicht so agro«, sagte ich zu ihr: »Wir müssen da durch!«

Von Hinten kam ein Raunzen. Doch niemand wagte den Aufstand.

An der Tankstelle luden wir zwei Kisten Club Mate und einige Säcke Red Bull in den Bus. Die Mädchen bekamen Magnum Mandel.

»Is wohl ein Spiel wo, was«, fragte der Tankwart lässig.

»Nee. Es ist ein Projekt. Wir suchen etwas. Denn wir kommen aus Berlin. Voll echt jetzt. Und dort fühlen wir uns nicht mehr frei. Es stimmt nicht mehr. Wie mit der Demokratie, dem fortschrittlichen und moralisch überlegenen Westen, der Europäischen Union. Alles Dinge, die wir nie als wir selbst erlebt haben, sondern nur gesehen, durch die Linse einer Kamera, aus der Distanz eines Touristen. Wir sind uns selbst fremd geworden«, sagte Jane betroffen und umarmte ihn. Dann kam es ihr vielleicht vor, als orientierte sie sich an mir. An der Art wie ich sprach: »Nur sind wir noch nicht konsequent genug, weil wir sensibel sind und darum ständig auf Rückfall. Das Zeug hier ist Scheiße«, seufzte sie und deutete auf den Sack voller Red Bull Dosen: »Das verstehe ich, dass du nicht anders kannst, als die Droge weiter zu verkaufen. Wir können auch nicht anders, aber wir müssen uns bemühen. Sonst wird das nie was. Die Sicherheit der gespielten Existenz loslassen, in dem wir sie bewusst spielen und fallen, bis wir den tatsächlichen Boden erreichen. Den Boden, der uns an den eigenen Körper drückt. An den eigenen Schmerz, wie Speed sagt. Er würde es genauso sagen.

Es zu unserem Schmerz machen. Nicht der Schmerz der Börsen und auch nicht die Betroffenheit in den Gesichtern der Politiker, die alles kürzen wollen. Nein, unser Leid ist ein anderer Schmerz, den wir aber noch nicht kennen. Dafür wollen wir uns Raum nehmen. Unendlich viel Raum«, sagte sie und es verging eine Minute, in der sie schwieg, während der Tankwart nicht recht wusste, ob er lachen sollte oder fortrennen, ob es gespielt war oder ernst. In keinem Fall aber konnte es authentisch sein. Man musste den Fake erstmal ausleben, ins Absurde führen, um sich davon zu befreien. Wer wusste schon was an einem noch man selbst war?

»Schon gut, Fräulein. Sie meinen also, in Berlin ist sie nicht? Die Freiheit. Aber Obama war doch dort.«

Als wir weiterfuhren, blickte er uns kopfschüttelnd hinterher. Vielleicht sollte er die Polizei informieren. Aber der Kunde ist König. Er ging zurück an die Kasse und nahm sich einen Marsriegel.

Der Journalist unterbrach meine Schilderung und rührte in seinem Kaffee: »Aber Sie spielten doch nicht unsere Welt? Das ist doch nicht unsere Welt. Nicht wirklich.«

»Nicht genau. Wer ist schon perfekt. Aber halbwegs. Sie wissen schon«, sagte ich zu dem Schreiberling.

»Welchen Schmerz meinen Sie«, fragte er als wäre es eine paradoxe Feststellung, es könne eine Emotion geben, die man fühlte, ohne dass sie zu einem gehörte. Es verunsicherte und es kam ihm vor, als manipulierten wir ihn. Ein Augenblick, in dem es schien, als sei er von der Welt emotional abgeschnitten, als könne er nicht mehr genau sagen, wie er diese wahrnahm. Immerzu schob sein Verstand eine vorgefertigte also anerkannte Antwort vor. Als fühlte er sich nicht.

Später, auf dem Weg zum Hotel, kaufte er sich eine Zeitung und las sie draußen auf der Straße, im Regen. Es beruhigte ihn, als das nasse Papier mit der Druckerschwärze zwischen seinen Fingern zerfiel und auch er nass war und wie in einem Traum nicht er selbst, sondern der Wind den Widerstand an seinem Körper erfuhr.

5

Ikea, Mediamarkt, Aral, Shell, Baumarkt und wieder von vorn. Über Autobahnkilometer immer Richtung Süden. Das Dröhnen von Hubschraubern über uns. In vielen Stunden, Tage. Dieser Lärm und dann diese Stille und ich sprach einfach weiter, während der Bus rollte. Es war leichter als ich gedacht hatte: zu warten, bis es passiert und etwas anderes übernahm, was wir nicht kontrollierten.

Die Anderen spielten derweil dieses Kartenspiel mit den Werten von Einsatzfahrzeugen, in denen eine PS Zahl oder das Gewicht des Löschzuges über den Gewinner bestimmte. Wenn ich weiter redete und dabei nicht nachdachte, konnte ich richtig klare Sätze sagen. Sobald ich mich fragen musste, ob es richtig war, stotterte ich, oder sprach wie ein Wissenschaftler. Einige der Anderen hörten mir zu. Hatte man nichts zu verlieren, blieb man jung und mitteilungsbedürftig. Red Bull machte es möglich.

Fast war da eine Leichtigkeit und es machte mir Spaß loszulassen, als lebten wir in einer surrealen Welt, welche wir als die Echte behaupteten, weil wir sie atmeten.

Für längere Ausführungen fehlte das Geld, weil Geld ja Zeit war und Zeit hatte niemand. Nicht meine Erfindung und nicht meine Schuld, wenn dann alle fragen, was eigentlich hier los ist.

Muss ja.

War immer schon.

Scheißdreck!

Der Bruch kommt vor der Erkenntnis, obwohl wir lieber hätten, dass die Erkenntnis die Erlaubnis für den Bruch erteilt. Verdammte Hülsen. Wie kam man nur zum Echten? Es kam einem vor wie ein Reflex. Der Krieg im Irak. Der arabische

Frühling. Unsere Reise in den Süden. Die Dinge passierten, wie man sie uns im Fernsehen vorlebte. Das zu dekonstruieren war härter, als ich dachte.

»Fahren in Bus«, hatte der Dicke getwittert.

»Es muss was geschafft werden«, sagte ich während mein Körper leicht zitterte. Ich fühlte mich wie Charlton Heston in Planet der Affen.

In der Küche hatte Jane noch den Eindruck gehabt, dass der Journalist langsam Gefallen an unserer Verschwörung fand. Es konnte nicht an den Keksen allein gelegen haben, dass er nun auch am zweiten Tag zurückkehrte, um mehr zu erfahren.

»Umso sicherer wir uns werden, umso größere Extreme müssen wir durchleben. Um rein zu kommen, die Grenzen des Alltags zu überwinden. Verstehen Sie das«, fragte ich den Zeitungsschreiber, versuchte ihm unser Handwerk zugänglich zu machen. Für einen Moment sah er aus dem Fenster, wo die Sonne auf den Baum im Innenhof fiel und man spielende Kinder hörte. Seine innere Unruhe verweigerte ihm die Muße mir aufmerksam zu folgen. In seinem Kopf hatte er meine Vernichtung bereits in klaren Sätzen formuliert. Es war einfacher gewesen als sich den kleinen Wahrnehmungen zu stellen, die für ihn schrittweise zurückkehrten. Gefühle, Ahnungen und Eindrücke, zu denen er sich hingezogen fühlte.

Auch wenn man einfach nur rumsaß, immerzu steckte einem dieser Druck im Nacken, weshalb wir, besonders ich, eine Sprache des Abgehackten verwendeten, wie eine Landschaft, die am Fenster vorbeigezogen wurde, schneller und schneller. Bäume, Stra.., Stei.., Himm... Dadurch erweckte man nicht den Eindruck faul zu sein, während man sprach. Also da konnte keiner sagen, dass nichts weiter ging, wenn man kaum noch einzelne Wörter aussprechen konnte, geschweige denn einen tieferen Sinn kommunizieren. Keine Zeit zu haben, hieß nicht faul zu sein. An was sonst konnte man sich orientieren, wenn die Gesellschaft, der Job, die Politik keinen Sinn mehr ergaben und man sich als von ihnen abgetrennt erkannte? Auf der Flucht vor dem Gelernten wurde das Handeln von Stunde zu Stunde paradoxer.

Lebten wir endlich, was wir glaubten, käme es der eigenen, inneren Zensurabteilung verdächtig vor. Das war riskant. Man musste sich an die Regeln halten. Dann war man sicher.

Die meisten sagten darum nur noch »hot« oder »hip« oder »fahren in Bus« und setzten sich eine Sonnenbrille auf, worin ein Missverständnis lag. Denn erst ab einem gewissen Komplexitätsgrad, also beispielsweise bei »Zarathust...« oder »Femi« und einfach mal »Retrointellektuell« musste der Verstand unweigerlich zu komplexeren, zu höheren Ordnungsprinzipien übergehen, was er bei »hip« und »hot« nicht tat.

Der Russe ist böse und der Amerikaner ist unser Freund.

Die Komplexität als Waffe des Friedens und als Erdreich, auf dem sich ein neuer Wohlstand aufbauen ließe, war eine kontroverse Theorie. Dass man dadurch mehr erschuf, also mehr leistete. Ob man tatsächlich dann nicht mehr faul wäre. Wenn das nicht mindestens 80% der Leute auch dachten, riskierte man den sozialen Abstieg.

Warf man statt »he« oder »ah« einfach mal eine Frage, bestehend aus drei Wörtern ein oder blieb mehrere Minuten beim selben Thema, zwang dies das Gehirn möglicherweise zum Aufbau einer freieren Gesellschaft.

»Ach, geht's uns gut«, sagte einer von der Rückbank und nahm noch einen Schluck Club Mate.

»Halt die Fresse«, brüllte ich ihn nieder und nahm ihm augenblicklich sein Wohlbehagen: »Wir verrecken mit vollen Bäuchen. Das hat es noch nie gegeben. Darüber sollte ich einen fünfstündigen Vortrag halten, mitten in die abendliche Fernsehunterhaltung hinein.«

Die Welt ist nicht mehr ausdrückbar in einem Satz. Auch nicht in drei Sätzen, die einen Sinn ergeben. Nur unbewusst ist alles da, in den Zwischenräumen, die wir aber nicht leben dürfen, weil sie nicht effizient gemanaged werden können.

Alles wurde schon gesagt und der Kapitalismus ist längst erklärt. Könnten wir nur vergessen, plappern, weiterleben. Alles zusammen wäre eine Sprache.

Jane nahm mich in den Arm: »Es fällt mir selbst schwer es auszuhalten, Speed. Aber meinst du wirklich, dass wir uns verweigern sollten, heil und konkret zu werden, wie in der Werbung, wie es im Lebenslauf erwartet wird? Wer sind wir dann? Wo gehören wir hin? Wovon sollen wir leben?«

Wir sahen uns konzentriert und entschlossen an und wussten, dass sie uns die ganze Zeit beobachteten, während sie von uns lernten.

6

Eine Videokamera läuft. Davor sitzt der junge Journalist. Hinter ihm eine weiße Wand in einem leeren Raum. Eine weibliche Stimme von hinter der Kamera stellt ihm Fragen. Es ist Christine, eine Journalisten vom ORF, der unsere Reise begleitet. Es kam einfach dazu. Ansonsten wäre unsere unzeitgemäße, lästige Existenz nicht bemerkt worden.
»Haben Sie es ihnen geglaubt? Warum haben Sie es Ihnen geglaubt«, fragte sie kühl.
»Ich habe Ihnen nichts geglaubt«, sagte er arrogant und rührte mit dem Löffel in einem Joghurtbecher.
»Aber Sie blieben dabei. Sie fuhren die ganze Zeit mit. Warum?«
»Es war irgendwie witzig.«
Er wirkt etwas verunsichert: »Schließlich bin ich Journalist. Da ist es doch richtig, an einer Story dran zu bleiben.«
»Aber Sie wussten doch zu diesem Zeitpunkt nicht, dass es eine Story gab. Dass es diese Story werden würde.«
»Nein, das wusste ich nicht.«
»Wie viele Dosen Red Bull wurden in dieser Zeit konsumiert?«
»Ich weiß es nicht. Vielleicht 300 oder 1000. Das ist schwer zu sagen.«
»Warum glaubten Sie Speed?«
»Ich glaubte ihm nicht.«

»Warum sind Sie nicht gegangen? War es nicht Zeitverschwendung?«
»Ich weiß es nicht genau. Vielleicht war ich nicht stark genug.«
»Worauf führen Sie das zurück?«
»Plötzlich kam ich mir vor wie ein dummes Kind, das alles einfach mitmacht. Den ganzen Konsum. Und es gab diese Geschichte über seine Kindheit. Ich meine, Speed redete pausenlos. Und es ging nicht immer darum, was er sagte, sondern um diesen Schwall, der salonfähig wurde, weil Speed diese wichtigen Leute kannte. Wie mit diesen russischen Hunden, wissen Sie? Pafflof, oder Pawlows Köter. Speed kannte wichtige Leute und darum hörte man ihm zu. Ist doch ganz logisch. So funktioniert unser System. Er nutzte das für seinen Wahnsinn. Wir alle glaubten irgendwann wirklich, wir könnten auf diese Weise entkommen. Er gab einem das Gefühl, dass man gesehen wurde. Dass es etwas zu sehen gab.«

7

Jedenfalls, das ist schon mal klar, weiß ich genau, dass ich einen Pullover in den Farben Rot, Blau und Gelb trug, mit Sternen darauf, wie bei einem Superhelden. In einem Sommer in Mitten der 80er Jahre, gut drei Jahrzehnte früher. Ich war noch ein Kind. Davon gab es ein Foto. Einen Beweis. Wir standen auf einer Apfelwiese vor einem Bauernhof, als mir plötzlich die britische Premierministerin Margaret Thatcher die Hand reichte. Sie war blass geschminkt, wie ein Geist. Derart weiß, als hätte man sie mit dem Gesicht in einen Eimer Wandfarbe getunkt. Noch nie zuvor hatte ich einen derart weißen Menschen gesehen. Sie machte mir Angst und ich konnte ihr keinen Augenblick länger in die kalten Augen starren.

Der Bauer hatte extra für sie Kühe besorgt und plötzlich standen überall Blumentöpfe, wo sonst nie Blumentöpfe oder Kühe standen. Was die Leute wohl beruhigte. Man wusste, man war richtig. Ein Bauernhof brauchte Kühe und Blumentöpfe. Ich war aufgeregt, weil doch nun nichts mehr stimmte. Aber das interessierte niemanden. Niemandem war aufgefallen, dass ich mich erschreckt hatte. Mit der Welt stimmte etwas grundsätzlich nicht, aber ein Kind hat dafür keine Worte und in der Sprache der Erwachsenen kann eine solche Wahrheit nicht bestehen. Warum nur will es alles komplizierter machen? Es hat sich bestimmt nur eingebildet, dass da noch etwas ist. Wann endlich hört es auf zu schreien und funktioniert wieder normal?

Ich starrte hin, als wäre es ein Fussel auf der Kleidung. Man kann ums Verrecken nicht wegschauen.

»Manche Menschen lieben auf eine Weise, die sie zerstört«, sagte der Journalist später zu mir und wollte, dass ich mit ihm draußen im Regen stehe: »Weil sie das Paradies zwischen den konkreten Dingen, zwischen den Ideologien, zwischen den beweisbaren Tatsachen erkennen. In den leeren Räumen«, meinte er und deutete auf die Flächen zwischen seinen Fingern: »Darum ist es ihr Schicksal sich aus Liebe aufzulösen. Nichts aufzubauen, sondern nur als eine alternative Möglichkeit, als eine Reaktion auf das Sichtbare zu existieren. Sie leben im Zwischenraum und werden vielleicht nie vollständig geboren. Das Leben erscheint ihnen in die andere Richtung verlaufend, als strebten sie bis an den Anfang ihrer Existenz. Auf der Suche nach einem tieferen Kern. Verworrene, unkonkrete Gesellen, die vom Normalbürger gemieden werden, weil sie die Ordnung gefährden.«

Ich war mir nicht sicher, ob er danach weinte. Es waren drei Tage vergangen und noch immer konnte er seinen Artikel nicht abschließen. Das zermürbte ihn. Umso mehr er trank, nachts im Hotel, umso unbewusster flossen Deutungen aufs Papier.

»Darum will ich keine Ablenkung. Schildern Sie nicht, wie ich aussehe, welche Farbe die Tapete hat. Nichts soll beruhigen, vertraut sein«, rief ich ihm hinterher, als er die Karte zum Hotel durch den Schlitz zog und zum Lift torkelte.

Thatcher hatte etwas in mir aktiviert. Zurück blieb eine Emotion, welche ich verborgen hielt. Diese Frau, die ich bis zu diesem Tag nur aus dem Fernsehen kannte, brachte alles in meinem Inneren durcheinander. Fast hatte ich darum mit dem Journalisten Mitleid.

Allein ihre außergewöhnliche Erscheinung bewirkte bei den Menschen diese Veränderung, dachte ich damals. Was sollte sonst der Grund sein? Sie sah aus wie ein verdammter Zombie. Im Fernsehen wirkte sie hingegen normal. Das war offensichtlich, das mit ihrem Aussehen. Dass sie anders war. Die zwei Hubschrauber, mit denen sie landete. Ihr exzentrischer Mann Dennis und die vielen Herren mit den Sonnenbrillen und den dunklen Anzügen.

Im Nachhinein war die Sache für mich völlig klar, obwohl, vielleicht hatte ich es mir eingeredet. Sie kam den weiten Weg, um mir den Weg zu zeigen.

»Du machst alles falsch«, brüllte mich kurz darauf meine Mutter an und schlug mir mit der Hand ins Gesicht. Doch es war bereits zu spät. Die Selbstermächtigung war in der Abweichung geschehen. Ich hatte es durch die Eiserne kapiert. Ich war die Rache der eisernen Lady geworden. Etwas, womit sie niemals gerechnet haben. Es begann sich durch mich auszudrücken und bald durch uns alle.

8

Am Tag vor unserer Abreise machte ich den Fernseher an und setzte mich. Wir hatten uns schick gemacht. In Erwartung. Alles normal. Jane goss gerade die Blumen ein letztes Mal. Ich half ihr zu packen und war darum bereits am Vormittag vorbei gekommen.

Natürlich war ich erstmal nutzlos. Fremde Wohnung. Hektik.

Ich hätte nicht kommen müssen. Eine Verpflichtung. Da ging es wieder los. Es war falsch. Es war da, wie ein Brummen.

Immer wenn ich ein Gefühl verbarg, folgte darauf eine Situation, in der ich verloren war. In der ich eine Marketingabteilung brauchte, um zu wissen, was nun zu machen sei.

»Was ist«, fragte sie und packte ihre Tasche.

»Nichts«, antwortete ich und warf versehentlich den Salzstreuer um, der seinen Inhalt über den ganzen Küchenboden verteilte. Hastig versuchte ich den Schaden zu beseitigen.

»Es ist ja so einfach sich einen Job zu suchen, wenn man nicht in sich eine Welt trägt, die im direkten Widerspruch dazu steht. Wer kann schon wissen, ob es richtig ist, dass der Salzstreuer auf dem Tisch steht und nicht hier unten liegt«, murmelte ich vor mich hin: »Niemand kann sagen, wofür es gut ist. Und überhaupt hat das so wenig mit Salzstreuern zu tun, wie Flugzeuge mit Massenmord.«

Warum nahm ich nur alles persönlich, fragte sie sich. Weil ich persönlich geworden war, zu mir und die Welt war ich, durch mich, von meiner Verantwortung in jedem Augenblick getragen, ohne dass ich mich je wieder auf die Institutionen, das was sie sagen, auf den Friedensplan würde verlassen können. Auf den Friedensplan war nie Verlass. Nur darauf, dass ich selbst den Unfrieden übernehmen sollte, um ihn steuern, um ihn selbstbestimmt leben zu können.

»Du bist ein ganz normaler Typ«, meinte Jane dann wieder, als ich einen Teller nervös gegen die Wand warf. Eine Zuckung. Ich atmete tief ein. Von Außen war da nichts Besonderes. Nichts was mich ausreichend unterschied, um dieses neue Selbst behalten zu können, welches ich gerade in mir entdeckte.

»Es ist ein Verdacht. Alles bekommt den Verdacht, nicht das zu sein, was es vorgibt zu sein. Ist das OK? Darf ich das sein, was hinter dem Verdacht liegt«, fragte ich später den Journalisten, der darauf keine Antwort hatte, erschien es ihm doch unkonkret und was unkonkret war hatte im Leben keine Relevanz. Im Fernseher im Hotel zeigten sie die heranrollenden Panzer und danach eine längere Diskussion über den bösen Russen.

»Wenn ich dem Verdacht Raum gebe, werde ich selbst verdächtig«, sagte ich ihm, als er wieder trank und meinte noch: »Aber in dieser Verschwörungstheorie kann ich wenigstens frei sein und leben und Hoffnung haben.«

Er verstand mich wieder nicht und ich fühlte mich allein, lies ihn am Hotel zurück und spazierte nach Hause. In wenigen Tagen schon würde unsere Reise beginnen. Bei so etwas kann man nicht zuversichtlich sein. Es lässt sich nicht planen. Als ich die Post leerte, erschrak ich vor dem Kontoauszug und kam mir vor wie ein Idiot. Die ersten Nächte schlief ich kaum.

»Hier hat es also angefangen«, meinte der Journalist am nächsten Tag und mimte eine Nachdenklichkeit, die ich ihm nicht abkaufte. Die Zeitung hatte er unter den Arm geklemmt, aber uns beiden war klar, er würde sie an diesem Tag nicht mehr lesen.

»Es spielt keine Rolle, ob Sie mich für verrückt halten oder nicht. Ob Sie denken, ich behaupte nur, dies habe eine politische Relevanz, damit mir jemand zuhört, wo ich doch sonst nur mit meiner eigenen, kleinen und subjektiven Welt befasst, ja geradezu in ihr gefangen bin. Brüssel kann das nicht verstehen. Diesen Anteil in uns wird Brüssel, werden die Manager nie begreifen. Die Demonstrationen sind überholt. Nur die eigene Existenz vermag ein Hebel zu sein, an dem die mörderische Klarheit der Fließbänder zerbricht. Heilsam zerbricht. Indem wir aufhören zu funktionieren und unkonkret leben«, sagte ich ihm und lief gegen einen Stuhl, als ich versuchte, mich wie in einer Traumsequenz durch die Küche zu bewegen: »Das Unbewusste ist verdammt viel von meinem Leben, wissen Sie? Wenn wir es nicht berücksichtigen dürfen, sterbe ich auch. Nicht der Kleine Mann stirbt, sondern die Größe. Jene Größe und Weite, die nichts mit Angeberei zu tun hat, sondern mit Menschlichkeit. Wenn ich aber das ineffiziente Alles verkörpere, wie kann ich darin überleben? Was ist dann noch ein Leben? Job, Kinder, Haus, Garten? Ach ja, da war ein Krieg, eine Beziehung, ein Moment des Unauthentischen, der wehtat. Richtig weh. Mehr weh als die Angst vor Einsamkeit. Nun hat es uns zusammen gebracht. Ich habe keine Ahnung, wie Sie den Leuten davon berichten sollen, wenn sie nicht dabei waren? Sie müssten es ihnen sperrig und quälend erzählen, damit sie es unmittelbar erleben!«

»Das ist unpraktisch. Es ist doch im Alltag unglaublich unpraktikabel, das ganze Leben zu leben. Das Bewusste und das Unbewusste. Sich nicht auf eine zugewiesene Rolle zu reduzieren. Besonders wenn es im Ergebnis aussieht, als lebe man überhaupt nichts. Also nichts Konkretes jedenfalls. Das ganze Leben kann ja auch Längen haben und unproduktive Momente«, meinte er rationalisierend. Die Nüchternheit war zurückgekehrt. In meinem Zustand war er wie ich und ich wie er.

»Sie wissen, dass es darum nicht geht«, antwortete ich.

»Dazu habe ich eine klare Meinung«, unterbrach er mich ungewohnt aggressiv.

»Ist es Ihre Meinung«, fragte ich desillusioniert: »Oder ist es nur eine Art zu leben. Indem man sich positioniert. Das reicht heute nicht mehr um sicher zu sein, dass man kein Unmensch ist. Es reicht einfach nicht.«

»Unmensch?«

»Sie wollen mich wieder vernichten und denken, dass es besser ist. Weil die Klarheit sie zu einem professionellen und produktiven Mitglied der Gesellschaft macht. Sie erscheinen dadurch nett, attraktiv und das kann nicht opportunistisch sein.«

Er überlegte einen Moment.

»Was nützt es mir, wenn nur Sie und ich verstehen, dass in unserer Beziehung eine Art Grammatik liegt? Niemand wird mich da draußen dafür lieben. Wer weiß heute noch, was Liebe ist? Man muss sehen, wo man bleibt.«

»Das denken Sie also?«

»Das Gegenteil ist nicht lebbar«, erwiderte er aufbrausend: »Es bedeutet die Auflösung aller Begrenzungen, die unsere Gesellschaft ausmachen. Eine gigantische Komplexität. Ein empathisches Real-sein in der Welt. Verantwortung für alles. Das ist doch keine Haltung? Das ist Haltungslosigkeit. Warum gehen Sie nicht gegen Putin, gegen Obama, gegen Merkel auf die Straße?«

»Das definiert uns. Sie definieren uns«, sagte ich leise, als redete ich nur mit mir selbst: »Sie wollen überleben. Auch ich will das. Trotzdem wird es schlimmer werden. In diesem Augenblick erscheint es mir richtig, Sie nicht gehen zu lassen, es Ihnen nicht leicht zu machen. Führten wir aber morgen dieses Gespräch, könnte es bereits die Hölle sein und ich müsste Sie fragen, ob Sie keine Freundin haben, oder weshalb Sie hier mit mir sitzen und von einem Experiment berichten wollen, welches möglicherweise niemanden interessiert. Es könnte politisch sein. Das Politische überhaupt. Oder eben nicht.«

Er schüttete sich das Glas voll und lockerte den Hemdkragen. Ein wenig Schweiß stand ihm auf der Stirn.

»Ich will Sie nicht verurteilen, Speed. Sie wollen, dass ich das hier alles als eine Revolution wahrnehme. Tausendfach stärker als jedes Manifest? Morgen fahren wir gemeinsam in diesem Bus und ich habe keine Ahnung, was da passieren wird. Seit Tagen erzählen Sie mir davon und verraten doch nichts darüber. Mir kommt es langsam vor wie eine Geisterfahrt. Ich soll keine Erwartung haben, aber gleichzeitig geht es um etwas Großes. Sie erwarten etwas Übermenschliches. Ich soll Ihnen glauben, dass in unserem Unbewussten die Antwort auf das liegt, was die klügsten und bestbezahltesten Köpfe Europas nicht lösen können. Wohin sollen wir marschieren? Was sollen wir tun? Sagen Sie mir doch endlich was ich tun soll, Speed!«

»Das kann ich nicht«, erwiderte ich eine Grenze ziehend, als ginge es um ein Prinzip.

»Offenbar gelten für Sie andere Maßstäbe. Sie sind ein arroganter Tyrann«, schrie er und verschüttete etwas von seinem Wein.

Ich verneinte und er setzte nach: »Aber Sie haben Red Bull bedroht.«

»Dann ist ja alles klar.«

9

Ich merkte schon, wie der Journalist die Augen verdrehte, als ich ihm davon erzählte. Weil ich auch als Vortragender arbeitete. Da ich auf Kongressen sprach, was man mir, wenn man mich in dieser Zeit gekannt hätte, nicht abkaufen würde, obwohl ich viel redete, weil ich alles, was ich sagte, sofort negieren musste, weil es im Widerspruch zu der Welt in mir stand, welche sich immerzu veränderte, weshalb ich nie weiterempfohlen wurde. Kompetenter ging es nicht.

In diesem Moment fühlte ich mich neurotisch und völlig verunsichert. Als wäre ich selbst nicht mehr Herr meines Körpers. Dennoch fuhr ich fort. Ich hatte eine Visitenkarte, auf der »Redner« stand. Wäre ich ehrlich zu mir selbst gewesen, ich hätte sie zerreißen müssen. Es kam auch vor, dass ich während des Vortrages das Thema wechselte.

»Sie geben also zu, bereits vor Ihrem Experiment diese Eigenart besessen zu haben«, fragte der Journalist mit vollem Mund, als wir im Bus vor Leipzig saßen.

»Ja, wir sind immer die, die wir immer schon waren. Nur war ich mir dessen eben nicht bewusst. Mir war nicht klar, dass meine Erfolglosigkeit einen Versuch der Befreiung darstellte. Es musste richtig sein, dass die Amerikaner Bomben abwarfen, also musste es auch stimmen, dass ich ein guter Redner war. Die Logik lag nur noch im offensichtlich Dargestellten. Es gab für alles ein Label.«

Mal sprach ich auf den Bühnen von Unternehmen über die Zukunft der Arbeit, obwohl ich arbeitslos war, was manche irritierte, da man ja auch Manager sein konnte, der gerade nichts managte, um dann sofort die Frage zu stellen, ob man unter dem dunklen Anzug unterschiedlich farbige Unterhosen trage und ob das ein Zeichen von Rebellion sei, oder von Feigheit, weil man sie unter und nicht über der Hose anhatte. Außerdem entstand die Unklarheit, ob ich einen Vortrag, in dem in den ersten fünf Minuten bereits alles gesagt wurde, dann auch frühzeitig beenden könnte, wegen der Effektivität, oder weitere 55 Minuten sprechen müsse, um das ganze Honorar zu bekommen. Effizienz wäre vielleicht doch nicht das Allheilmittel. Irgendwann wurde es immer schlimmer und ich hatte keinerlei Kontrolle mehr darüber.

»Wer sind eigentlich diese Beobachter, von denen Sie mir gestern erzählt haben«, fragte der Journalist an einer Raststätte und sah sich ungeduldig um: »Das verstehe ich nicht. Etwa die NSA?«
»Später. Ich kann jetzt noch nicht darüber sprechen. Sie müssen nur wissen, dass die meisten Menschen es nicht verstehen, wenn man ihnen ins Gesicht sagt, dass sie Mörder sind«, sagte ich flüsternd und fuhr in Gedanken fort, während er auf und ab ging, auf der Suche nach der eigentlichen Story, nach dem, was die Menschen hören wollten.

10

Ein älterer Mann sitzt vor einer weißen Wand. Die Kamera ist direkt auf ihn gerichtet. Links neben ihm ein Fenster, welches einen Blick auf die Berliner S-Bahntrasse ermöglicht. Christine vom ORF fragt den Mann im Anzug und gelockerter Krawatte: »Wann sind Sie Timothy Speed das erste Mal begegnet?«
»Ach, darum geht es also? Sie meinen diesen Typen, der so getan hat, als lebten wir im Krieg? Damit er die Bevölkerung befreien kann. Damit sie authentisch fühlen lernt. Einen Bezug zu sich selbst entwickelt. Als wären wir im Westen alle Monster und merkten es nicht. Da wir als leicht verständliche, vereinfachte Stereotypen lebten, um Freunde zu bekommen und Jobs.

Der hat doch alle nur verrückt gemacht. Schon meine Mutter hat immer gesagt. Wenn du willst, dass sich etwas in der Welt verändert, musst du werden wie die Welt, die du dir vorstellst. Oder war das Gandhi? Ist doch egal! Ich war nie ein Mitläufer. Dass ich mir diese Frage heute stellen muss, ist doch

nur wegen diesem Speed. Das ist doch wie mit den Flashmobs! Das ist doch nicht Demokratie. Nur weil da Massen mitmachen. Wenn Sie mich fragen, ist das alles Kinderkacke.«
»Und was ist mit dem Krieg?«
»Was für ein Krieg? Es gibt keinen Krieg«, rief er irritiert und riss die Hände nach oben. »Das läuft doch nur im Fernsehen, damit die Leute zu Hause die richtigen Politiker wählen. Das ist meine Meinung und ich bin schließlich Experte. Das sieht man schon daran, dass Sie mit mir ein Interview machen.«

11

Am nächsten Morgen war ich mit dem Gefühl von Dringlichkeit aufgewacht, um dann festzustellen, dass ich lediglich mit dem Kopf auf einer Zeitung geschlafen hatte.
Draußen vor Janes Wohnung flogen diese Hubschrauber vorbei und ich meinte zu Jane, dass ich mal im Internet surfen wollte, was das denn für interessante Formen seien, die da runter hingen, deren Sinn man nicht sofort verstand. Jane meinte: »Die sprühen glaube ich, wegen der Eichenspinnerraupe. Die soll gefährlich sein. Ich habe deshalb in den letzten Tagen schon schlecht geschlafen. Das sind ja gruselige Biester. Warum die Regierung dagegen nichts unternimmt, verstehe ich nicht.«
»Man sollte sich damit beschäftigen«, meinte ich nachdenklich.
»Lieber nicht«, unterbrach sie und suchte den Staubsauger. »Das ist doch viel zu aufwändig.«
Ich nahm ihre Hand und versuchte ihr Vertrauen zu geben.
»Du darfst es nicht vergessen«, sagte ich bestimmend: »Darüber haben wir doch gesprochen. Wir dürfen es uns nicht einfach machen, auch wenn es unangenehm ist.«
»Du hast ja Recht, Speed! Wo ist das Telefon?«

12

»Ich begreife Ihre Inszenierung manchmal nicht«, unterbrach der Journalist, als wir zwei Tage vor der Abreise erneut in der Küche saßen: »Sie stehen in diesem fast leeren Raum, in dem Sie zugleich wohnen und reden immerzu und bewegen sich, als habe es eine Bedeutung. Was ist denn jetzt das Unbewusste, welches bewusst werden soll?«
»Wenn Sie direkt drauf stieren, können Sie es nicht erkennen. Wie mit optischen Täuschungen. Sie müssen zuvor loslassen lernen oder unscharf kucken.«
»Man sieht, was man weiß«, ergänzte er interessiert.
»Was man glaubt zu wissen«, antwortete ich.
»Aber das ist doch offiziell, wenigstens«, versuchte er wieder zu rationalisieren und ich erklärte: »Es berührt Sie nicht. Das Offizielle berührt niemanden. Es ist abgegriffen und macht das Leben uninspiriert und unwahrhaftig.«
»Aber deshalb lügen?«
»Ich lüge nicht.«

Schnitt.

Jane rief bei der Redaktion einer großen deutschen Tageszeitung an. Es läutete. Wir warteten.
»Guten Tag, wie kann ich Ihnen helfen«, fragte ein freundlicher Mann am anderen Ende.
»Ich möchte gerne eine Anzeige aufgeben«, sagte Jane.
»Wie lautet der Text bitte?«
»Suche den Wohnort von jenen Menschen, denen wir, die Bevölkerung, dieses Geld schulden. Von den Eigentümern der Banken, meine ich. Hinweise bitte an folgende Telefonnummer...«
»Das geht so nicht«, unterbrach der Mann. »Das klingt irgendwie nicht legal.«
»Meinen Sie?«

»Was wollen Sie überhaupt von diesen Leuten«, fragte er mürrisch.
»Ich dachte mir, ich rede mal mit denen. Als Frau und zukünftige Mutter. Weibliche Energie und so. Ich meine, wenn das am Ende nur ein paar hundert Personen sind, kann man die doch fragen, ob sie uns und den Griechen nicht alles erlassen. Also ich würde das tun, wäre ich die. Es kann ja nicht einer eine ganze Bevölkerung besitzen, oder? Weil wir angeblich in deren Schuld stehen. Und wegen diesem Schuldgefühl verdrängen, dass wieder Krieg ist.«
»Das weiß ich nicht. Aber die Adressen sind privat.«
»Wenn es uns aber doch alle was angeht.«
»Die wollen sicher nicht gestört werden! Und überhaupt, was wenn wir alle diese Adressen hätten? Manche von uns würden da hin und diese Leute am nächsten Baum aufhängen.«
»Würden Sie das denn tun?«
»Nein, ich nicht, aber andere bestimmt.«
»Wenn die Wohnadressen aber nun rauskämen, versehentlich...?«
Einen Moment war es still am anderen Ende.
»Sie würden einen Krieg beginnen«, meinte er stoisch. »Damit die Beweise verschwinden. Oder was in die Luft jagen und dann behaupten, dass es irgendwelche Randgruppen waren, aus einem Land, wo es wertvolle Ressourcen gibt. Die würden ihre eigene Haut retten und dafür den halben Planeten zerstören. So sind die! Ich kenne die zwar nicht, aber wenn ich mir die Welt ansehe, traue ich denen das zu. Was ist das für ein Hubschrauber im Hintergrund?«
»Sie haben Recht«, sagte Jane ernst: »Sie dürfen nicht wissen, dass wir es wissen.«
Sie legte auf und wendete sich mir zu, der ich gerade Zeitung las: »Wir sollten mal wieder was unternehmen! Raus gehen und Party machen. Soll ich uns vom Supermarkt ein runtergesetzte Video mitbringen?«
Ich lächelte und warf einen Teller an die Wand.
»Jaja, mach«, sagte ich, während die Türe hinter ihr zufiel.

Manchmal wunderten sich Passanten, wenn der Bus plötzlich hielt und ich hinaus stürmte, um Jane vor einem Mann zu retten, der einen Helm trug und eine lustige, faschistoide Art zu marschieren hatte. Sofort wurden sie aufmerksam und aus dem Alltagstrott gerissen.

13

Jane sitzt vor der Kamera. Christine vom ORF stellt Fragen. Die beiden Frauen sind jetzt allein in einem Hotelzimmer.
»Glauben Sie, dass er es getan hätte, wenn ihr Leben nicht bedroht gewesen wäre«, fragte sie locker, wie in einem Gespräch unter Freundinnen. Jane lächelte versöhnlich.
»Es ist wie mit der Henne und dem Ei. Man weiß nicht, was vorher da war, wa? Was heißt denn auch ‚bedroht'? Das ist doch alles relativ. Wenn icke jetzt das Haarspray verwende, töte ich ja irgendwo was. Da gehen doch Wesen kaputt. Mikroben, oder so Zeug, wa. Ist das nun ein tragischer Tod oder ist mir das wurscht? Er wollte sie retten. Er wollte Helena um jeden Preis retten. Man kann sich ja auch eine neue Freundin suchen, wa? Der Mensch kann letzlich alles, wenn er Arbeit hat. Aber wo fängt man da an und wo hört man auf? Wenn einem etwas oder jemand wichtig ist, gibt es vielleicht eine Kraft im Menschen, die diesen unbestechlich macht. Etwas, woran der oder die dann stirbt, wenn sie das nicht macht. Es könnte doch so etwas geben. Ich denke, das war so ein Ding beim Speed. Das konnte alles ziemlich unangenehm werden und er hat trotzdem versucht sie zu retten, auch wenn Andere gesagt haben, dass sie überhaupt nicht gefährdet war. Weil bei uns im Westen alles in Ordnung ist. Im Großen und Ganzen.

Wenn jetzt einer gesagt hätte, es wäre der Lauf der Dinge, oder etwas Herzloses, etwas Gleichgültiges, hätte man das vielleicht verdächtig finden können. Nur war es viel simpler. Viele verstanden einfach nicht, warum es in Deutschland möglich sein sollte, dass da eine Helena aus Griechenland geopfert wird.«

14

»Dieses Projekt. Warum tun Sie das? Ich meine, Sie könnten in dieser Zeit Geld verdienen und einer sinnvollen Tätigkeit nachgehen. Ich begreife nicht, warum es Ihnen derart wichtig ist. Unsere Zivilisation funktioniert doch. Sind Sie vielleicht krank? Stimmt etwas mit Ihnen nicht? Eine Form der Übersensibilität«, fragte mich der Journalist im Hotelzimmer. Es war nicht im Bus. Im Bus waren wir am nächsten Tag. Ich will nicht, dass man sich auf die Orte konzentriert.

Manchmal trank er in der Nacht so viel, dass er sich am folgenden Tag nicht mehr erinnerte. Als sei ihm das Gefühl der Verbundenheit mit den Geschehnissen abhanden gekommen.

Draußen auf der Straße riefen Kinder und eine Straßenbahn war im Hintergrund zu hören. Jane ging schon mal vor, um den Bus aufzuschließen.
»Es ist ziemlich radikal, dass Sie als der echte Speed einfach eine literarische, eine fiktive Figur leben und in dem Buch im Buch, in dem Sie Ihr Leben und die Gesellschaft neu entwerfen, die Leute damit konfrontieren. Es einfach an Red Bull schicken. Das haben Sie ja wirklich letzten Donnerstag getan. Sie gehen tatsächlich pleite. Weil sie eine Fiktion leben, die scheinbar keinen Nutzen hat. Das ist bewundernswert oder dumm? Ich bin mir noch nicht sicher«, meinte der Journalist mit einem sanften Lächeln.
»Aber wie kann eine Fiktion eine Fiktion heilen«, fragte er mit vollem Mund: »Sie tun so, als habe es etwas mit ihnen, den Leuten, zu tun. Als habe all das etwas mit uns zu tun. Aber was, sagen Sie nicht. Und diese Frau. Ich verstehe nicht, warum wir da was fühlen sollen. Wer ist Helena? Eine Griechin? Versuchen Sie etwas, indem Sie Ihr Unbewusstes

radikal ausleben, eine Antwort auf die Not der Griechen zu finden?«

»Das Gefühl ist da. Das ist entscheidend.«

»Aber wozu? Ich dachte, es geht um Revolution«, erwiderte der Journalist ungeduldig.

Das kam ihm nun zu weit hergeholt vor. Es ließ sich nur schwer aus dem Weltgeschehen herleiten und was sollte das mit ihm zu tun haben? Schließlich liebte er diese Helena nicht und er reiste doch wegen der Welt mit. Wegen den politischen Verwerfungen, die nie erklärt wurden, die er bis vor wenigen Tagen, in Janes Küche, noch für alternativlos hielt. Darauf hatte man sich geeinigt. Als ich ihn aus seinen Gedanken riss, fühlte er sich übergangen, da ich erwiderte: »Niemand kann sagen, wo es hinführt, was aber egal ist, wenn man nicht in einer Welt leben muss, in der alles von einer oder wenigen Optionen abhängt.«

»Sie verlieren mich! Ich kann Ihnen nicht folgen. Wegen Helena bin ich nicht hier«, unterbrach er. Und dann dachte er sich, dass es vermutlich eine meiner Interventionen wäre, um ihn zu verunsichern.

15

Während der langen Fahrt dachte ich wieder an Jane´s Küche und es kam mir vor wie ein seltsames Symbol. Was kochte ich? Jane legte einen dreckigen Teller in die trübe Flüssigkeit, welche am Waschbecken diese gelben Ränder bildete. Fettkugeln auf dem Wasser.

»Außerdem könntest du denen die uns zusehen was geben, was sie kennen. Also du könntest wenigstens so tun, als lebtest du ein Leben, mit dem sie sich identifizieren wollen«, sagte sie und schaltete den Staubsauger ein. »Etwas, was ihnen einen Nutzen bringt.«

Ich blickte davon unbeeindruckt aus dem Fenster und fühlte mich für einen Moment befriedigt.

In der Mannschaftskantine von Dachau würde das ganz normale Programm laufen, dachte ich. Auch draußen ginge alles normal weiter. Die Läden wären offen und man müsse weiterhin an der Kasse zahlen. Menschen würden sich Gedanken über Weihnachten machen und all diese Dinge. Selbst wenn die Hälfte des Planeten plötzlich abbrechen und ins Weltall stürzen würde, gingen auf der anderen Seite noch immer Menschen am Morgen zur Arbeit. Trotz Gedenkfeier und einigen Wochen der logistischen Irritationen. Vermutlich empfänden sie den Verlust des halben Planeten einfach nur als Störung, als lästige Sache, weil es auf der Autobahn wieder eine Baustelle gäbe.

Wie konnte man also sicher sein, dass wir nicht doch im Faschismus lebten? Wenn man letztlich fast alles mit uns machen konnte, ließe man sich dabei nur genügend Zeit und wiederholte und wiederholte es immer wieder. Der Bus rollte einfach in den Süden. Niemand stieg rechtzeitig aus.

»Jemand hat mir mal gesagt, dass ein Drittel der Bevölkerung alles mit sich machen lässt und jede Revolution stets von einer Minderheit durchgeführt wird«, rief ich Jane noch zu, während sie was im Bad kramte. Ein Drittel der Menschen kämen also auf jeden Fall damit klar, dass unsere Geschichte seltsam begann. Mit dem Monolog eines Außenseiters, der in keiner konkreten Welt lebte. Welche Marken er trug, wo er studiert hatte, welche Art von Haus er bewohnte. Nichts davon. Es war nicht mal klar, ob er erfolgreich oder ein Looser war. Womit er wohl sein Geld verdiente? Ein Drittel hielte es schon bald für normal, wiederholte ich es nur wieder und wieder, weil keine höhere Instanz widersprach, den Hauptdarsteller für verrückt erklärte. Auf jeden Fall nahm dieser etwas ernst. So sehr ernst, dass es fast komisch wirken musste.

»Auch wenn ich es jetzt sage, Jane. Sie sind höchstens verunsichert. Sie können es sich einfach nicht vorstellen, es nicht gesehen zu haben. Sie davon nichts wussten. Doch da draußen lauert es.«

Das Drittel würde einfach ein Teil davon werden, mitlaufen, denken, dass es wohl richtig sein muss, dass bei uns nun andere Regeln zu gelten scheinen. Wie mit der festgelegten Krümmung einer europäischen Gurke. Auch absurd und doch wahr. Vielleicht könne man diese neuen Regeln selbst übernehmen. Wenn klar wäre, dass das erlaubt ist. Wenn das auch andere tun.

Ein schleichender Putsch. Ausgelöst durch einen aufrecht erhaltenen Verdacht, welcher sich in einem Leben, in einer Existenz zum Ausdruck bringt. Wie ein Funksignal, eine Resonanz permanenter Unruhe und Verunsicherung. Es gibt keine Lösung, nur das Leben. Ja, das hält mich am Leben.

Ich erinnerte mich an den Besuch der Premierministerin Thatcher. An das Lächeln der Menschen. Die gespielte Freude. Den gespielten Untertanen und Bürger. Dabei glaubte niemand, sie könnte lieben. Niemand glaubte, sie sei echt.

Ich konnte nicht mit allen rechnen. Die Konsequenz daraus musste lauten, dass ich damit zu leben lernte, dass der Weg zur Befreiung der Weg der Brüche und der Irritationen war. Nur musste man es durchhalten, aushalten, immer wieder.

»Der Weg zur Befreiung ist der Weg der Brüche und Irritationen«, sagte ich zu Jane. Sie sah mich mit diesen faszinierten Augen an und fast konnte man eine Träne erkennen.

»Dann ist es OK«, fragte sie gefasst. »OK, dass ich es nicht mehr schaffe? Dass alles zusammenbricht?«, sagte sie und legte ihre Hand sanft auf meine Schulter: »Sie werden Helena fühlen können. Was es wirklich bedeutet, sie zu opfern. Es wird ihnen ganz nah gehen. Sie wird nicht nur irgendeine Griechin sein. Ich möchte es! Es darf mich irritieren und ganz tief berühren. Es ist OK, auch wenn ich im Job dann nicht mehr einfach weitermachen kann, wa?«

Und sie legte verunsichert und mit zittriger Stimme nach: »Du meinst also wirklich, dass es OK ist, wa? Dass es für uns alle besser ist, wenn wir nicht verstanden werden, wa, wenn wir nur viele sind, mehr als nur wir zwei, wir gezwungen werden hinzusehen und uns zu bemühen? Du meinst also echt, wir müssen überhaupt nicht nett und unkompliziert sein? Icke bin doch nur ein einfaches Mädel. Icke versteh nicht, warum Harmonie und Gut-drauf-sein nichts mit menschlicher Wärme zu tun hat. Sondern Wärme und Mitgefühl... Das, was du also wir jetzt darunter verstehen. Dass es sogar Depression und voll Schlecht-drauf-sein bedeuten kann. Warum aber tröstet es mich nicht? Warum macht es mir Angst? Bitte lass mich nicht allein«, schluchzte sie und heulte an meiner Schulter, während ich sie bedrückt festhielt.

»Halt mich fest, Speed. Wenigstens hältst du mich fest. Auf diese Weise könnte icke vielleicht sogar einen schlechten Tag überstehen, ohne mir sofort eine neue TV-Serie auf DVD zu kaufen.«

16

Wir platzierten Requisiten. Wir stellten nun das Leben selbst nach, um es besser zu verstehen. Das begann bereits in Janes Wohnung, drei Tage vor der Abreise und sollte die ganze Reise begleiten. Ich erinnerte mich jetzt und wir stellten die Szene erneut in einer leeren Scheune, kurz vor München nach.

»Aber wer beobachtet jetzt wen«, fragte der Journalist. Seit Tagen löcherte er mich damit.

»Alle beobachten alle. Nur mit radikaler Überwachung gibt es eine radikale Diskussion, was das Gegenteil von absoluter Kontrolle ist. Die Menschen sollen sich intensiv gegenseitig beobachten, bis die Irritation der Unterschiedlichkeit ihr Bewusstsein erweitert.

Dabei aber muss der Grund der Überwachung sich laufend ändern. Heute 13.00h. Das Subjekt war keinen Moment kreativ. 14.00h. Das Subjekt hat seiner Frau nicht gesagt, dass er sie liebt. 15.00h. Das Subjekt arbeitet zu viel und hat aus egoistischen Gründen 5000 Arbeitsplätze vernichtet. 18.00h. Das Subjekt wurde von jeder Mitverantwortung frei gesprochen. Nur dann können wir sicher sein.«

Der Hausmeister hatte, gespielt von einem jungen Mann, wieder an der Türe geläutet und gefragt, ob er die Sicherung im Keller nun auswechseln solle. Jane fragte den Mann auf der Leiter, der gerade eine Kamera anbrachte, und dieser verneinte. Ein anderer ging rüber zum Wagen, um eine große Kabeltrommel zu holen.

Schnitt.

Damals war der Journalist noch verwunderter: »Sie machen einen Film? Ist das Teil des Experiments?«, hatte er gefragt, während er dem anderen Mann die Leiter hielt.
»Wann werden Sie endlich akzeptieren, dass es real ist«, fragte ich und er lachte unsicher.
»Real, weil sie darin etwas ausdrücken, etwas verdichten, was uns sonst nicht bewusst wird? Müssen wir darum nun dauerhaft einen Film leben um nicht in einem Film zu leben?«
Jane und ich staubten in unserer nachgebauten Küchen noch die Pflanzen ab. Der Schlüssel versiegelte die Türe hinter uns, als wäre Janes Wohnung nun eine Zeitkapsel. Wir kämen nicht zurück.
Die in der Schule haben uns belogen. Wer das Richtige tut, kommt nicht in den Himmel, sondern in die Arbeitslosigkeit. Der Gehorsame bekommt den Job. Gehorsam ist stur anzunehmen, dass man das Richtige tut, weil man richtig sein muss, um leben zu dürfen, während das Gegenteil der Fall sein könnte. Man das Evolution nennt.
»Mach's doch nicht immer so dramatisch«, warf Jane im Treppenhaus ein: »Wir fliegen auf, wenn du zu sehr übertreibst. Wir wollen sie nur leicht verändern. Schleichend. Damit sie mitgehen.«
Ich folgte ihr mit der Kamera und der Journalist versuchte nicht mit aufs Bild zu geraten.
An einem Donnerstag kann alles passieren.
»Man muss die Dinge mit viel Liebe machen und ordentlich«, erläuterte ich ihm: »Gehorsam ist, wie Monster lieben.«

(Szene 34) Ein dicker Chemiestudent, der vielleicht zu einem späteren Zeitpunkt eine wichtige Rolle in der TV Serie spielen würde, saß in seinem Zimmer und schrieb einen Brief, an die amerikanische Hollywoodschauspielerin Sandra Bullock. Die Radikalität seines Erscheinens stand in direkter Übereinstimmung mit der Überlegung, dass die Freiheit, die Freiheit über den eigenen Schmerz zu herrschen und der Weg zur Herrschaft die Irritation durch den wahrhaftigen Augenblick ist, der im Drehbuch nicht vorkommt. Also das, was gerade passiert, auch wenn es unpassend erscheint. Es dennoch zu leben. Alles andere bedeute in einem Zitat gefangen zu sein.

Über dem dicken Chemiestudenten hing ein Modell des Todessterns aus StarWars. Daneben ein mittelalterliches Schwert an der Wand. (Das kursiv gesetzte wird durch die Linse der Kamera gesehen.)

Liebe Sandra Bullock,

Wir in Germany brauchen dringend Ihre Hilfe. Es geht um Leben oder Tod. Zu diesem Zeitpunkt kann ich noch nichts Genaues sagen. Vielleicht haben Sie im Fernsehen davon gehört, was gerade bei uns in Old Europe los ist. Dabei meine ich nicht die chinesische Grippe...

»Alexander«, brüllte eine weibliche Stimme von draußen.
»Gleich«, antwortete er.

• PS: Bitte wählen sie diese Nummer und verlangen Sie Alexander zu sprechen. Die Frau, die meistens rangeht, ist meine Mutter. Lassen Sie sich auf keinen Fall von ihr ein Abo aufschwatzen!

Unten im miefigen Wohnzimmer einer Unterschichtsfamilie, ging der dicke Chemiestudent an seinen Eltern vorbei, die auf dem Sofa vor dem Fernseher saßen. Die Kamera hielt drauf, was ziemlich gut kam.

»Sieh nur, die Kanzlerin trifft den Papst. Jetzt wird alles gut. Dein Vater hustet schon wieder. Hoffentlich ist es nicht die chinesische Grippe«, meinte sie und lächelte.

»Wie in Der Bergdoktor«, sagte der Vater mürrisch.

Einen Moment zögerte der dicke Chemiestudent, verdrehte die Augen und ging dann in die Küche, wo ein Schokoriegel auf dem Tisch lag. Das Papier war bereits geöffnet worden und die Schokolade glänzte im Sonnenlicht, welches durch ein Fenster über der Spüle strahlte.

Er streckte seine Hand danach aus. Verharrte aber kurz davor, während seine Finger zitterten und ihm der Schweiß auf der Stirn stand. Er zog die Hand zurück und verließ das Haus durch den Garten. Das passierte am Mittwoch.

Der Journalist unterbrach meine Gedanken wieder und sagte aufgeregt: »Es ist eine Form der umgedrehten Manipulation. Ich durchschaue Sie, Speed! Sie machen diese TV Serie, um uns zu manipulieren. Sicher hat das was mit Gehirnforschung zu tun. Aus geheimen Labors. Ich werde schon noch dahinter kommen. Diese Frau. Helena. Sie benutzen das alles für das Gute. Cool irgendwie, aber auch verwirrend. Jede Struktur zerfällt. Alles wird in Beziehung gesetzt. Wie denn auch anders? Ich sehe keinen anderen Weg. Man ist doch sofort wieder in der Funktion, ohne totale Verweigerung der Rationalität. Wir sind viel zu rational, um den Faschismus zu erkennen, weil das Unbehagen nicht mehr gelebt werden kann. Das wollen Sie doch, Speed! Ich sehe es in Ihren Augen, dass Sie das wollen! Für mich sind Sie nicht mehr verdächtig. Mich können Sie nicht täuschen.«

Ich reichte ihm eine neue Dose Red Bull. Er nahm einen kräftigen Schluck und schien für einen Moment zufrieden mit sich und der Welt. Dabei kam mir die Erkenntnis, dass man sich verlieren musste, um diese neue Ordnung durch uns sichtbar werden zu lassen und es OK war, dass auch ich in diesem Moment scheinbar die politische Relevanz unseres Tuns aus den Augen verlor.

18

Auf dem Küchentisch in der Wohnung von Jane, also drei Tage vor der Abreise, stand eine Packung mit einem Fertiggericht aus Wirsing und Sahne.
Wieder ein Küchentisch. Wieder etwas, was man essen konnte, aber nicht essen wollte. Ein subjektives Muster gegen den Weltfaschismus.
Wir nannten es Werner. Der Karton aus dem Tiefkühlfach war nach zwei Wochen bereits etwas in sich zusammen gerutscht und jemand hatte mit einem Stift zwei Augen und einen Mund über das Foto vom Wirsinggericht gemalt.
»Ich finde, dass er noch keine wirkliche Identität besitzt«, meinte ich zu Jane, als sie mit dem Staubsaugen fertig war.
»Wirr irgendwie, der Wirsing, also Werner jetzt.«
»Es dauert, bis er Selbstbewusstsein entwickelt. Glaub mir«, erwiderte sie und räumte alte Weinflaschen zur Seite, in eine Ecke wo nichts mehr war außer Dunkelheit.
»Werner ist sich seiner selbst noch nicht bewusst geworden. Würden wir ihn nun essen, würden wir Integritätslosigkeit essen. Und Tiefkühlwirrsing werden. Nicht in echt jetzt, aber subtil, in unserer Denkweise. Abgepackt, funktional. Ein Bewusstsein von der Stange. Irgendwann muss aber doch neues Leben entstehen? Wir könnten den Planeten neu bevölkern mit Lebensformen, welche sich weiter entwickelt haben. Wenn er begreift, dass er ein Fertigprodukt ist, ist er kein Fertigprodukt mehr.«
Jane blickte nachdenklich.
Auch ich blickte nachdenklich.
Der Wirsing blickte nachdenklich.

19

Der dicke Chemiestudent. Ich mochte ihn irgendwie. Er war nett und lustig anzusehen. Einer, der es nicht leicht hatte im Leben. Von uns allen hatten Jane und er das größte Problem mit dem Zuckerentzug.

Als er zu uns kam stand er einfach nur rum und war so ein Zurückgezogener. Ein Freak. Ein stiller Freak. Er schrieb ständig Briefe an Sandra Bullock, was einem manchmal Angst machte. Ich meine, was hatte sie denn mit der ganzen Sache zu tun? Sie gab ihm Orientierung, als Schauspielerin aus Hollywood. Das war schon weit hergeholt. Sandra Bullock und die Weltrevolution. Wir durften uns nicht ständig ablenken lassen und mussten endlich mit dem Bus den Süden erreichen.

Der dicke Chemiestudent ist irgendwo in der Entwicklung stehen geblieben. Das meine ich überhaupt nicht negativ. Wäre er uns nicht begegnet, wäre er irgendwo in einem Labor gelandet und hätte niemals versucht ein Held zu werden. Er hätte im Job den Normalo gegeben und sich nach Feierabend allein die Comics reingezogen. Weil Mutti das gut gefunden hätte. Der Junge macht ja was Anständiges. Dann aber kam er zu uns und hatte keinen Job, sondern lebte den Comichelden, der mit Sandra Bullock korrespondiert und nach einer Lösung für Europa forscht.

Liebe Sandra Bullock,

Wir sitzen seit Tagen in diesem Bus und Speed hat eine Theorie, die alles verändern wird. Indem wir unser Leben offen lassen, wird sich durch uns eine neue Ordnung ausdrücken und wir werden uns der Wirklichkeit bewusst. Statt in einer beschränkten Konsumwelt zu leben, in der wir nur glauben zu wissen wer wir sind.

Sie müssen unbedingt nach Europa kommen, um die Sache zu unterstützen. Sie als Superheldin, als Vorbild werden hier dringend gebraucht. Wenn Sie, als Hollywooddiva, öffentlich sagen würden, dass unsere Reise OK ist, wird es den anderen Menschen ganz normal erscheinen. Es muss nur jemand sagen, dass es OK ist. Sie könnten das doch für uns tun. Die Menschen werden Ihnen glauben...

20

Erneut wird ein Briefwechsel gezeigt. Auf Essen und Essen folgt nun Brief auf Brief. Sie werden nebeneinander also hintereinander gelegt, wodurch ein Rhythmus entsteht. Eine neue Ordnung, die wir noch nicht verstehen können, die aber erstmal beruhigt. Die Kamera fliegt dicht darüber, wie über das Delta des Amazonas. Die Menschen lieben Reiseberichte von fernen Urlaubszielen und Tierfilme.

Sehr geehrte Herr Prof. Nolte,

Ich habe eine fachlich hoch komplexe Frage, die Sie vielleicht interessant finden. Angenommen ich könnte beweisen, dass der »Kapitalismus« ein bewusster Betrug an der Menschheit ist und ich würde mich selbst anzeigen, als »Schuldig« im Sinne der Teilnahme am Kapitalismus als menschenverachtende Ideologie, oder gar als strukturelles, organisiertes Verbrechen. Wie könnte ich die Gerichte dazu bringen, mich tatsächlich deswegen vor Gericht zu stellen und zu verurteilen?
Lieben Gruß,
Timothy Speed

Sehr geehrter Herr Speed,

Ihre Frage ist fachlich nicht komplex, sondern die Antwort ist simpel: Strafbarkeit setzt einen Straftatbestand voraus und »Kapitalismus als Betrug an der Menschheit" ist nicht strafbar. Wenn Sie die Verantwortung von uns allen einfordern möchten, dann empfehle ich, den üblichen demokratischen Weg zu gehen und um eine Mehrheit zu werben. Eine Strafanzeige ist nur effekthascherisch. Bitte haben Sie Verständnis dafür, wenn ich zu dieser Problematik nicht mehr zu sagen habe.

Mit freundlichen Grüßen,
Georg Nolte

21

»Wir können das doch nicht einfach behaupten«, erwiderte Jane im Bus, irgendwo kurz vor den Alpen.
»Man muss es behaupten. Dann wird es wirklich«, sagte ich und der dicke Chemiestudent ergänzte: »Seit ich von euch jeden Tag gesagt bekomme, dass wir im realen Faschismus leben, fühle ich mich stärker als früher. Es gibt meinem Leben einen Sinn. Ich kann Widerstand leisten.«
Die meisten von uns waren schon ziemlich betrunken.
Während der gewaltsamen Eroberung Berlins wurden hunderte Menschen erschossen und von amerikanischen Abfangjägern bombardiert. Die Bundeskanzlerin Angela Merkel trat vor die Presse und meinte nur: »Unsere amerikanischen Freunde sind sich im Klaren, dass dieses Vorgehen nicht OK ist und wir dringend über neue Standards in der Europäischen Union sprechen müssen, was die Bemalung von Kampfjägern betrifft. Immerzu dieses Natograu. Das ist unmenschlich, wie in der früheren DDR. Ich werde höchst persönlich die Amerikaner bitten, in sich zu gehen und im weiteren Verlauf von Grau abzusehen. Vielleicht kann man sich auf ein Mintgrün einigen oder, was nur in Übereinstimmung mit der UNO und unseren amerikanischen Freunden zulässig wäre, sogar ein zartes Rosa andenken.«
»Ist das nicht lächerlich«, fragte der Journalist, der als einziger noch nicht besoffen war. Er lief mir hinterher, während wir das Set neben dem Bus umbauten: »Ich verstehe ja, was Sie da

versuchen. Aber Sie werden es deswegen nicht intensiver fühlen. Das mit Helena und ob es sich um Faschismus handelt. Damit geben Sie doch nur den griechischen Fundamentalisten recht, die ständig sagen, die Merkel sei Adolf Hitler und die EU das Dritte Reich.«

»Wenn man es nicht erlebt, glaubt man es nicht«, erwiderte ich und schwankte leicht: »Wir wissen ja noch überhaupt nicht, ob Ihr Faschismus auch mein Faschismus ist. Anzunehmen, Ihr Faschismus sei auch mein Faschismus, den ich nicht ausleben dürfe, weil über Ihren Faschismus niemand reden mag, ist ja schon der blanke Faschismus, oder nicht?«

Er verdrehte die Augen und half mir die Kabeltrommelkiste ein wenig weiter nach rechts zu schieben, als ich plötzlich nach hinten umkippte.

22

Es vergingen Tage, in denen wir uns verloren und weit vom Kurs abkamen. Das gehörte dazu. Das ermöglichte es einer höheren Intelligenz, durch uns zu sprechen, in einer Sprache, die wir nur noch nicht verstanden.

»Wir müssen hier warten«, sagte ich: »Es fühlt sich für mich richtig an, dass wir hier warten.«

»Aber die Kasse ist dort drüben«, meinte Jane, als wir im Supermarkt waren, um weitere Vorräte zu besorgen. »Das ist wie mit den Vorräten, Speed. Niemand hier versteht, was das soll. Draußen ist alles normal. Die Geschäfte sind offen. Sogar die Banken.«

»Es darf aber nichts normal sein. Wir wären Monster, wären wir heute noch normal, nach Afghanistan, Irak, Ägypten, Libyen und der Ukraine. Nach der letzten Bonuszahlung an die Manager von Goldmann Sachs und die Einführung von Hartz IV.

Wenn ich hier warte, wird jemand kommen und mich fragen, was los ist. Man muss die Leute da hin führen. Dann hinterfragen sie bald auch die Zerstörung der Twin Towers.

Es wäre ein Verbrechen gegen die Menschheit, sich heute noch normal zu verhalten.«

Jane verdrehte die Augen.

»Was ist los«, fragte ein Mann, der gerade seinen Einkaufwagen an uns vorbeischob.

»Das frage ich mich auch«, sagte ich.

»Sehr interessant«, erwiderte er und stellte sich uns als Dr. Frank vor. Dass sofort der schwule Psychiater auftauchte, wenn man sich nicht an der Kasse in die Reihe stellte, fanden wir später alle drei äußerst bemerkenswert. Sei es etwa schon so weit, dass allein die Erwartung, es könne etwas anderes passieren als erwartet, bereits als Pathologie gehandelt würde?

Dr. Frank machte sich auch seine Gedanken und hatte sich gerade gefragt, was wohl passieren würde, wenn er mich einfach anspräche. Wir unterhielten uns angeregt und überlegten, was passieren würde, wenn wir Produkte in den Supermarkt zurück brächten, statt sie zu kaufen. Von anderen Filialen in diese Filiale. Ob man dann ein wenig später mit dem Filialleiter philosophische Diskurse halten könnte, weil für ihn nach der Inventur die Welt zusammengebrochen wäre? Und dürfte man die Ziele der Volkswirtschaft hier schon ändern? Ohne Abstimmung? Und warum hatten wir alle schon wieder eine Dose Red Bull in der Hand?

»Aber das ist doch willkürlich! Was soll das für eine Ordnung sein, für ein Verdacht«, fragte der Journalist aufgebracht: »Können Sie es nicht wenigstens dem amerikanischen Präsidenten vorwerfen oder der Waffenindustrie?«

»Unfreiheit. Das sagt der Speed doch die ganze Zeit«, unterbrach der dicke Chemiestudent.

»Ich kann das nicht akzeptieren. Wir sind doch nicht unfrei, weil man was nicht spontan durchsetzen kann, was praktisch überhaupt nicht durchsetzbar ist. Das ist doch mehr als übersensibel.«

»Warum nicht?«, fragte ich.

»Ich ändere mein Leben doch nicht, weil Speed sagt, dass jetzt Faschismus ist, wo ich doch an nichts leide. Deswegen bin ich doch kein Faschist«, brüllte er.
»Faschist«, sagte ich lächelnd: »Außerdem wissen wir überhaupt nicht, ob es nicht doch, wenn das Individuum ständig vor dem Schmerz davonläuft und stets den bequemsten Weg geht, als Konsument, irgendwann Faschismus wird.«
»Nein, nein, nein«, schrie er und warf seinen Notizblock auf den Boden.
»Faaaschisst!«
Er ging auf mich los und schob mich fast in einen Stapel mit Dosensuppe. Er kreischte: »Es geht doch hier um was! Wir krepieren alle und du machst dich doch nur über uns lustig.«

Schnitt.

23

Dr. Frank sitzt in einem leeren Raum. An einem Tisch, der voller Red Bull Dosen ist.
»So, so«, *murmelt er:* »Ja, ja...«
   In seinem Kopf rasende Gedanken. Um ihn Stille und das Licht, welches vor ihm durchs Fenster fällt und sich an seinem Gesicht bricht. Der Raum ist extrem leer. Als hätte man auch den Fußboden abgezogen.
   Später schrieb ich auf die DVD mit der Aufzeichnung die Worte: »Es fehlt viel. Frage. Wie kann man etwas sehen, was nicht da ist?
Und.
   Ist das fehlende Gefühl einer Beziehung vorher da, oder fehlt es erst, nachdem die Beziehung verloren wurde?«
   Dr. Frank atmet tief ein.
Jane betritt den Raum und legt ihre Hand auf seine Schulter, während sie hinter ihm steht und ebenfalls ins einfallende Licht blickt. Den Kopf leicht nach oben gerichtet.
Eine Stunde lang sagt niemand ein Wort.

»Es ist eine Skulptur«, meinte jemand später.

24

In den Anfängen unserer Reise. Immerzu gingen die Daumen hoch und es wurde einem auf die Schulter geklopft. Wofür denn?
»Das ist so romantisch«, sagte mir eine junge Frau vor dem Bus und brachte uns Blumen. Überhaupt fanden es viele Menschen toll. Menschen, die nur einen Moment dabei waren, oder davon gehört hatten, aber wieder nach Hause gehen konnten, oder am nächsten Tag ins Büro.
»Ich versehe nicht, warum uns keine Sau Geld fürs Benzin gibt«, sagte ich enttäuscht zu Jane.
»Weil es dann wahr ist, dass wir ohne Lösung besser leben. Ohne das, was die im Fernsehen sagen, was sie tun werden, um den Krieg zu beenden, den sie nicht als Krieg bezeichnen.«
»Du hast Recht! Aber wir leben nicht besser.«
»Weil wir kein Geld haben? Es ging nie darum, nach oben zu kommen, sondern sich nicht dafür zu hassen, dass man lebt, stirbt, ankommt und fortgeht, verwirrt und scheitert, denkt und erkennt.«

»Ich finde es lächerlich«, würde er später in dem Artikel schreiben. »Während die Staatschefs der Europäischen Union einen Masterplan nach dem nächsten umsetzten, unternahmen Speed und seine Freunde alles, um auf möglichst lächerliche Weise vor einem drohenden Faschismus zu warnen, der für die meisten Menschen überhaupt nicht existierte. Sie erfanden den Faschismus, um Helena zu retten, deren Schickal der Welt vollkommen gleichgültig war. Statt direkt auf das Unrecht mit den Griechen hinzuweisen, wollte Speed als Schauspieltheatertrottel selbst Faschist werden, um klar zu machen was der Faschismus, den es real nicht gibt, bedeutet. Damit die Leute aufwachen und Helena retten. Damit wurde eine Grenze überschritten, die man nicht überschreiten darf.

Der Faschismus ist kein Theater, auch wenn er im Kern lächerlich ist. Man darf ihn aber nicht lächerlich behandeln oder gar anders sehen als er ist. Der Faschismus ist faschistisch eindeutig.«

Er zerknüllte das Papier und warf es weg.

Wieder verließ er uns für etliche Stunden, um in der Fußgängerzone eine Currywurst zu essen und sich zu betrinken. Er sagte, das brauche er, um zu wissen, wer er ist. Um nicht unbewusst mitzumachen, bei dem, was wir taten. Unabgegrenzt. Schwammig.

Den Faschismus müsse man doch ernst nehmen, als Deutscher.

»Ich kann nichts wirklich verstehen, was ich nicht auch an mich rangelassen habe. Willst du weiter mit uns reisen, musst du es ertragen, dass wir fallen und fallen, bis es nicht nur ein Verdacht ist. Bis wir sehen können, wie wir es selbst tun, es selbst sind. Das Grauen und die Liebe zugleich«, sagte ich mit der dunklen Mimik eines Verwandlungskünstlers.

Ist die politische Aktion nicht mehr vom Alltag getrennt, eben keine in sich abgeschlossene Performance, entsteht eine Identität, die in höchstem Maße politisch ist, weil es die Existenz selbst ist, nicht ihre Stellvertreterin, die spricht, die ist, die zu sich selbst wird. Sperrig und dadurch achtsam, irgendwann, weil Achtsamkeit erst aus Schmerzen wächst, in den Beziehungen, in der Familie, in den Unternehmen.

Wir hatten keinen Alltag mehr. Keine Belanglosigkeit, von der wir hätten berichten können.

Natürlich mussten wir essen. Dann dinierten wir oder fraßen wie Schweine Burger. Unüberlegte Ideen. Wir stiegen in den Bus und fuhren rum, taten, wozu wir Lust hatten. Selbstbeauftragt, unser neuer Job.

25

Die Woche drauf schleusten wir Jane als Managerin in ein großes Unternehmen ein, wo sie, sobald sie etabliert war, damit begann, die dunkle Lust am faulenden Zerfall zu verbreiten. Jeden Tag kam sie eine Minute später und ging eine Minute früher. Zunächst fiel es niemandem auf, bis sie diese kleinen Erlaubnisse verteilte.

»Heute Sex nach dem beruflichen Fehlschlag«, schrieb sie auf einen kleinen Zettel und legte diesen in Schubladen von anderen Mitarbeitern. »Du bist nichts Wert, wenn du nicht am Untergang der Firma schuld bist«, oder: »Traust du dich aufzustehen ohne das Projekt vorher fertig zu machen?«

Binnen weniger Monate steckte das Unternehmen in ernsten Schwierigkeiten. Es war die Rede von unmoralischen Verhältnissen und unglaublicher Disziplinlosigkeit.

Als sie Jane schließlich kündigten, stand ihnen das blanke Entsetzen im Gesicht. Doch Jane lächelte nur. Sie hatte viele Freunde gewonnen und das Leben bedeutete wieder was. Ihre ehemaligen Untergebenen trafen sich jede Woche mit ihr. Sie feierten das Leben, brachten Torten mit und sprachen über die wahre Liebe. Wie schwer es für jeden Einzelnen doch war, durch diese Finsternis der Ängste zu gehen.

»Am Ende begreifst du, dass du so viel mehr bist, als der Mitarbeiter 73«, sagte einer von der Buchhaltung. »Ja, weil wir das nicht ausleben konnten, mussten wir einander immerzu kontrollieren und da waren dieser Neid und diese Sinnlosigkeit. Wir waren die Hölle füreinander. Es ist saukomisch.«

Im Büro aber sprach man nur als die »Domina der Faulheit« von Jane und jeden Montag wurden die Mitarbeiter daran erinnert, dass ihr Weg, der Weg in den Karrieretod sei. Man könnte dann unmöglich jemals wieder Abteilungsleiterin über Schneekanonen oder Manager für die Überwachung von Supermarktverkäuferinnen auf der Toilette werden.

Wir hatten diesen Kodex.

»Du darfst nur eine Welt verändern, in der du mindestens ein halbes Jahr gelebt hast, in der du dich soweit verloren hast, soweit in unheilvoll und zutiefst menschlichen und unmenschlichen Beziehungen verstrickt hast, dass du als ein

Anderer daraus hervorgehst. Das ist die Bedingung«, sagte ich zu Anika, der früheren Sekretärin vom Chef, in den vielen Wochen, in denen wir in Janes Wohnung unsere Reise vorbereiteten.

Im Wohnzimmer, wo wir auf dem Holzboden saßen, bei Kerzenlicht, roch es ein wenig unangenehm, wegen der fehlenden Fenster und weil Walter inzwischen zunehmend mehr Leben in sich aufnahm. Sein Duft mischte sich mit dem der Torte und ich stellte mir vor, wie Walter schon bald aufstehen und umherlaufen würde.

»Die Menschen schaffen Produkte, durch die sie sich selbst aber nicht mehr weiterentwickeln. Wer ein Auto, eine Hose oder einen Computer herstellt, ist danach kein anderer Mensch. Darin liegt der Fehler. Darum verarmen wir. Darum darf in der Produktion nie wieder das Produkt entstehen, welches bestellt wurde. Sondern die Verstrickung komplexester Beziehungen sollte mindestens ein neues Lebewesen hervorbringen.«

26

Am Bürogebäude angekommen, nahm ich das Megafon und brüllte erstmal die Stockwerke über mir an, während Dr. Frank den Reisebus hinter dem Gebäude parkte.

»Achtung, Achtung«, rief ich. Jane und ich sahen in unseren Anzügen, mit den Sonnenbrillen aus wie FBI Beamte, was man aus dem Fernsehen kannte, weshalb es glaubwürdig war: »Es ist etwas hier, was Sie nicht sehen können. Vermutlich ist es ziemlich groß. Es wäre gut, wenn Sie etwas zur Seite gingen. Bitte starren Sie es auf keinen Fall an!«

In den oberen Stockwerken gingen Menschen an die Fenster und blickten verwirrt runter. Was könnte es bloß sein? Eine Kampagne von BMW oder eine neue Dienstleistung? Warum gab es kein Logo? Dr. Frank begann die Eingangstüre mit einem Zollstock abzumessen.

»Es passt nicht durch«, rief er.

»Es passt vermutlich nicht durch. Darum müssen Sie keine Angst haben. Es ist entweder noch hier draußen oder es ist schon drin und kommt nicht wieder raus. In jedem Fall aber müssen Sie ruhig bleiben.«

Die Menschen liefen panisch aus dem Gebäude, als wäre es eine Feuerwehrübung. Sie starrten in den Himmel. Frauen in Blusen und Röcken und Stöckelschuhen, die alles richtig machen wollten und Männer in schlecht sitzenden Anzügen, die wie kleine Jungs waren. Warum es keinen Rauch zu sehen gab und keine GSG 9 das Gebäude stürmte? Warum wurde niemand erschossen? Blicke suchten nach Führungskräften. Man fühlte sich verletzbar.

Noch ehe uns wer ansprechen konnte, waren wir verschwunden.

»Ein Drittel Jane! Das sind in Deutschland noch immer rund 26 Millionen, die uns folgen werden, auch wenn sie uns längst nicht mehr geistig folgen können. Die das Gefühl entwickeln werden, dass mit der Welt gravierend etwas nicht stimmt. Und dass es die Bullock nur OK finden müsse, ergänzte der dicke Chemiestudent. Es muss nur auffallen. Wir brauchen was Großes. Was, wovon sie alle reden. Das weiße Gesicht der Margaret Thatcher. Eine Megarolle, die wir unerwartet anders leben können.«

»Warum nicht eine noch größere Firma, einen Konzern?«

»Ich bin für eine Generation«, sagte ich.

Dr. Frank wurde nachdenklich: »Europa, warum nicht ganz Europa?«

Schnitt.

27

Zweite Szene im Bus:
Dr. Frank in einem 70er Jahre Anzug und einem Mikrofon von einer alten ARD Studioaufzeichnung: »Seit drei Wochen befinden wir uns auf dem Weg nach Fuschl, einem Dorf südlich

von Salzburg. Dort, wo sich die Weltzentrale von Red Bull befindet. Red Bull, die Weltzentrale der Coolness. Der letzten Freiheiten im sterbenden Kapitalismus. Ein Ort, wo die Menschen noch wissen, worauf es ankommt. Auf die Gaudi, den Wahnsinn, den Extremsport und nicht zu vergessen, den wachen Geist. In der Werbung haben wir davon gehört. Wir wollen wissen, ob es wahr ist. Darum fahren wir hin.«

»Wir brauchen keine neuen Ideen«, war meistens die Antwort, wenn wir einen neuen Vorschlag machten. Ein jeder wisse schließlich genau, was zu tun sei: »Sondern Menschen, die was umsetzen können.«

An einem Donnerstag gingen wir darum in die Hauptverwaltung der Deutschen Bank und räumten Tische um. Blumentöpfe und Stühle schoben wir von einer Seite zur anderen. Manchmal verschoben wir sie sogar quer über Stockwerke. Wenn was behauptet wird, muss das auch wahr sein. Die ganze Leistungsgesellschaft hat ja Hand und Fuß.

»Was machen Sie eigentlich«, fragte ein Angestellter.

»Wir setzen um. Es ist wichtig was umzusetzen. Wenn wir nicht alle augenblicklich die Veränderung umsetzen, haben wir keine Arbeit mehr.«

Er blickte besorgt und half mir sofort einen Tisch zu verschieben.

»Es geht um Umsetzung«, sagte er einem vorbeikommenden Kollegen.

»Ach, ja. Warten Sie, ich mach mit!«

Es entstand eine Art Wettbewerb. Wer denn noch mehr umsetzen könne. Ein Mitarbeiter blieb mit der Kopiermaschine im Lift stecken. Als der Lift losfahren wollte, steckte sein Kopf noch raus. Das ging rauf und runter, rauf und runter mit dem Lift.

»Die Umsetzung ist uns großartig gelungen«, rief ein Abteilungsleiter und streckte die geballte Faust in den Himmel.

»Ich will im Grunde keine TV-Serie machen. Also keine, die funktioniert«, sagte ich im Bus, während wir uns Brote schmierten und Christine aufzeichnete.

»Alles wäre möglich in der synästhetischen Wissenschaft«, sagte ich und blickte aus dem Fenster auf die blühenden Landschaften. So nannten wir das geistige Gerüst, auf das wir unser Handeln stützten. Die synästhetische Wissenschaft hatte ich eben erfunden und sie beruhte auf der Überlegung, dass man Klänge auch als Farben ausdrücken könne und es darum auch möglich sein müsste, mit Hilfe eines Menschenlebens eine neue Gesellschaft zu beschreiben.

»Sie glaubten also irgendwann selbst daran. Ich meine, es ist keineswegs selbstverständlich oder vernünftig«, sagte der junge Journalist kritisch. »Es war keine reine Inszenierung?«
»Ist nicht die Einbildung ein Mittel der Politik, wie der Selbstbetrug?«
»Aber so funktioniert unsere Gesellschaft nicht. Sie können doch nicht das Gute und Richtige erreichen, indem Sie es zunächst aus den Augen verlieren. Warum denn nicht gleich umsetzen?«
»Weil damit nur die Wiederholung des Alten erreicht wird. Das, was unser Verstand bereits kennt, zu dem wir aber keinen emotionalen Bezug mehr haben. Wir darum unbewusst ständig die Geschichte wiederholen. Die erste Lösung, die einem einfällt, ist stets die alte Lösung, die das Problem erzeugte, was man aber nicht wahr haben will, weil es einen irgendwie uncool wirken lässt. Man muss heute uncool werden, um weiter zu kommen«, flüsterte ich ihm ins Ohr.
»Aber dafür bezahlt doch niemand.«
»Abwarten!«

28

Der Journalist sitzt vor der weißen Wand in dem Zimmer mit Blick auf die S-Bahn-Trasse. Christine fragt: »Sie haben später geschrieben, dass Sie damals den Verdacht hatten, dass etwas an der Morddrohung dran sein könnte. Weil seine Freundin Helena geopfert werden sollte. Vielleicht war dies sogar der eigentliche Grund für sein merkwürdiges Verhalten. Warum haben Sie nie darüber gesprochen?«

»Wir sind Kinder von Apple, Google, Facebook. Wie soll man sowas denn ausdrücken? Achtung, eine Griechin soll ermordet werden! - Das wäre doch nach zwei Klicks wieder verschwunden. Wer war sie überhaupt? Das würde niemand liken. Solidarität reichte doch nur noch für einen Klick. Alles, womit man sich länger als einen Tag beschäftigte, ließ sich nicht mehr posten, weil es langweilte, immer denselben Satz zu lesen in einer Welt, in der alles nur noch ein Satz, der Satz sein musste. Der Widerstand durfte keinen einfachen Satz haben. Der klare und eindeutige Satz, mit dem sich alle identifizieren konnten, der aber nicht irritierte. Wer im Sekundentakt anderen recht gibt, denn der Widerspruch macht einen unsympathisch, akzeptiert und vergisst alles. Man verpflichtet sich zu nichts und richtet seine Fahne nach dem Wind.
Das habe ich am Anfang der Reise nicht verstanden.«
»Dass es eine Falle war?«

In diesem Augenblick ertappte er sich wieder dabei, den Speed erklären zu wollen, statt zu akzeptieren, dass er nicht wusste, weshalb sein Weg möglicherweise zur Befreiung führte. Es war rational nicht nachvollziehbar. Einzig, dass der andere Weg, den die Massen damals mit Demonstrationen und starken Worten gingen, ihm nun ebenfalls falsch erschien, erzeugte dieser doch wieder nur klare Antworten und Forderungen, die neue Ungerechtigkeit provozierten. Ein ewiger Ruf nach Macht und Verdrängung.

»Aber wussten Sie jemals wirklich, worauf er hinaus wollte«, hakt sie jetzt nach und er ist für einen Moment irritiert.
»Hat es funktioniert? Nein. Hatte es Längen und Momente, in denen es kaum zu ertragen war? Ja. War es dennoch großartig und richtig? Ja. Ich glaube schon.

Sie lebten das, was sie leben wollten. Es war ihnen letztlich egal, ob es richtig oder falsch war, weil sie »Richtig« oder »Falsch«

für einen Irrtum hielten. Einen historischen Irrtum in einer Zeit, in der man Kriege begann, weil es angeblich „zum Wohle der Gemeinschaft" war.«

29

»Was ist eigentlich aus deinem letzten Vorstellungsgespräch geworden«, fragte mich Christine, wohl wissend, dass es ein Desaster war. Wir saßen vor dem Bus. Die Kamera lief.

Jeder von uns musste im Laufe der Fahrt eine peinliche Geschichte erzählen, die aber einen gewissen Charakter offenbarte. Oft war es lustig und unterhaltsam.

Dr. Frank tat dann immer so als würde er mit einem selbst gebastelten Gerät die Relevanz von Eigenständigkeit messen, in Relation zum vorherrschenden Massenbewusstsein. Irgendwie verdrängten wir gerade alle, dass da diese Sache mit Helena war. Wir spielten wie Kinder. Manchmal fühlten wir uns eng verbunden und verschworen und das konnte einen korrumpieren. Dieses Bedürfnis nicht enttäuschen zu wollen.

»Einen Moment! Ich muss davon ablenken und etwas erzählen, was nach Action klingt. Die Leute wollen doch unterhalten werden«, sag ich und Jane meint, dass ich nicht authentisch lache. Es irritiert mich. Ich ringe mich dazu durch klare Worte zu benutzen. Die anderen hören auf zu lachen.
»Sie werden Helena töten, wenn wir nicht rechtzeitig Fuschl erreichen. Wenn es uns nicht gelingt, die Leute wach zu machen, werden sie Helena einfach opfern. Für das verdammte System. Es wird nicht mal in den Abendnachrichten kommen.«
»Können wir sie nicht befreien«, unterbricht der dicke Chemiestudent.
»Nein, das ist nicht so einfach. Wir müssen weiter machen. Es muss aus uns rauskommen. Der Grund, warum wir OK sind. Es muss klar werden, dass wir OK sind. Dann ist auch Helena OK und wichtig. Es sieht aus wie ein wirrer Traum, aber es ist das Recht auf Leben.«
Die Stille ist kaum auszuhalten.

Jemand macht die Kamera wieder aus.
 Wann nur war Betroffenheit echt? Wir hatten dafür keine Form mehr, kein Ritual, nichts was noch stimmte. Es hinterließ ein Gefühl von Angst und Einsamkeit.

30

Die Frau vom Designerhafen war optimistisch und ich wollte es ihr glauben. Für den Moment. Hübsch, schwarze Bluse, kurzer Rock, trendy. Die anderen lauschten meinem Erfahrungsbericht.
»Was machen Sie denn eigentlich, Herr Speed? Ich verstehe nicht ganz, was sie tun.«
 Ich atmete tief ein, wollte mit der ganzen Welt ausholen. Wie sollte ich ihr bloß plastisch begreiflich machen, dass die Designer, nach den Ingenieuren, den Genetikern, den Diktatoren nun die neuen Gestalter der Welt seien und sie sich von den Wünschen der Industrie befreien müssten, um die Ganzheit der Existenz zu erobern und nicht in der Formgebung eines Seifenhalters, einer Werbekampagne, eines gefälligen Romans zu verharren. Im »Weltdesigner« läge schließlich die Zukunft. Sie seien die Eroberer der neuen Gesellschaft. Sie würden den Karren aus dem Dreck ziehen, indem sie die Existenz in Richtung jener Aspekte erweiterten, die wir für unbedeutend und wertlos, eben nicht für systemrelevant hielten.
 Sie sah mich an, als hätte ich etwas Verbotenes gesagt.
»Haben Sie es denn nicht gehört«, fragte ich die junge Frau entrüstet.
»Was meinen Sie?«
»Unsere Serie, welche im österreichischen Fernsehen läuft. Also international quasi.«
»Bei uns ist alles in Ordnung. Ich weiß nicht«, sagte sie verunsichert.
 Ob sie sich schon einmal darüber Gedanken gemacht habe, dass sie vielleicht eine Faschistin sei, begann ich gleich

im ersten Satz, rein experimentell, wie im Fasching, fragte ich, was an sich nicht möglich sei, weil fesche Faschisten sich eben keine eigenständigen Gedanken machten.

Ob sie sich vielleicht wie in einer Befehlskette fühle, voller Vorgaben, einer Corporate Identity, welche sie nie hinterfragt habe, eine Tätigkeit, bei der es besonders auf Effizienz und kalte Berechnung ankomme, Manipulation und möglicherweise eine Art Propaganda?

Das könne man doch wirklich nicht vergleichen, meinte sie entrüstet und dass man das so auch nicht dürfe, würde das schließlich den Holocaust verharmlosen.

»Es ist nicht möglich, den Holocaust zu verharmlosen«, schrie ich. »Immerhin ist es der Holocaust!«

Man könne es nur mehr oder weniger intensiv fühlen. Im Grunde war die tägliche Zunahme an Gewalt in der Welt das Einzige, was den Holocaust tatsächlich verharmloste. Das Abstumpfen. Weshalb intensiver wahrzunehmen mir die vernünftigste Antwort darauf zu sein schien. Und das bedeute nun mal, dass man unmittelbar alles als Holocaust wahrnehmen würde. In einer Welt, in der niemand mehr wahrnahm, dass neben einem andere geopfert wurden.

Sie sah irritiert nach links und rechts, als frage sie sich, wo denn wieder jemand geopfert würde. Um sofort ihren Kopf zu senken.

»Wenn Sie den Holocaust hier überall erkennen können, wissen Sie auch, wie es um meine Freundin bestellt ist und sie werden nicht anders können, als gegen das Unrecht aufzustehen. Da muss schon ein Holocaust kommen, mindestens, damit Sie es sehen! Sonst ist der Job immer wichtiger. Aber der Holocaust. Nur angesichts eines echten Holocaust werden Sie sich frei nehmen und die Gehaltserhöhung aufs Spiel setzen!«

Darum bemühte ich mich das Grauen intensiv wie möglich zu fühlen. Den Wahnsinn in der Welt. Es wäre doch möglich, dass es sich dann auch den anderen zeigte, rechtzeitig, bevor es zur Gewohnheit würde und man dann einen neuen Holocaust erfinden müsse, damit jemand das Grauen sieht.

»Der Holocaust ist nicht erfunden«, sagte sie entrüstet.

»Aber man müsste es dann eben. Oder zumindest sensibel genug werden, um den Alltag als Holocaust zu erleben. Sonst sind wir verloren.«

Umso mehr man sich darauf einige, was denn nun das Grauen sei, umso weniger grauenvoll wäre es dann. Darum muss das Grauen undefiniert bleiben. Aber ausdrückbar. Individuell. Kein Staat, keine Institution darf festlegen, was das Leid ist, was einem Menschen zugemutet werden kann. Man darf das Leben nicht einfach lösen, als wäre es ein Makel lebendig zu sein und abzuweichen. Es ist gut, dass man das nicht kann. Dann reden wir wieder miteinander. Wenn wir das Grauen selbst erfahren, es uns selbst bewusst zufügen.

Dabei könnte was für andere geradezu banal erschien für einen selbst traumatisch sein. Der Vertikalfaschismus ist eben nicht nur scheinbar nicht so sehr verbreitet wie der Horizontalfaschismus. Dieser befällt ganze Landstriche, während im Vertikalfaschismus die Opfer des Faschismus nebeneinander stehen, aber nicht wissen, dass der andere auch im Faschismus lebt, weil man keine Sprache mehr hat, es sich mitzuteilen, dass es einem echt beschissen geht, sondern nur noch ein gemeinsames Zitat, von dem man annimmt, dass es die Welt ist, welche alle wahrnehmen. Europa zum Beispiel, wo niemand mehr leiden muss, wo wir den Weltfrieden schon erreicht haben und es keinen Krieg mehr gibt.

Wer in Europa lebt, darf nicht behaupten, dass sie oder er unterdrückt wird.

Meine Freundin Helena aber. Für die ist es der Vertikalfaschismus pur. Ich stelle fest, dass es sich überall bereits holocaustig anfühlt.«

Sie sah mich verdutzt an und erstarrte. Ich war selbst ganz überrascht, nahm den Joghurtbecher, der vor ihr stand und knallte ihn auf den Tisch, dann die Cola, dann den Kaugummi.

»Holocaust, Holocaust, Holocaust. All das vergleiche ich mit dem Holocaust und was passiert?«
Zittriges Schweigen.
»Kaugummi Holocaust, Cola Holocaust... Nichts passiert. Weil Sie nicht wissen, was der Holocaust überhaupt ist. Niemand weiß es mehr. Es soll einmal einen Schmerz gegeben haben.
Einen echten Schmerz, der nicht mehr verschwand. Nie mehr.
Vielleicht könnte ich einen Teil davon für mich beanspruchen? Damit man mir nicht sagen kann, dass es so schlimm nicht ist.
»Sag doch du auch mal Holocaust«, meinte ich ganz ruhig zu ihr.
»Holocaust«, sagte sie wenig leidenschaftlich, als wäre es eine Schulaufgabe.
»Stimmt, ich fühle nichts«, sagte sie zu ihrem Kollegen.
»Probier' du mal!«
Der fühlte auch nichts.
»Was ist denn der Holow lolo caust?«
Ich musste wieder stottern: »Gas? Erschossen werden? Sinnlosigkeit? Massenmord? Monotonie? Sie sind doch Deutsche und Sie haben keinen blassen Schimmer. Sehen Sie es denn nicht?«
Tatsächlich konnte in Steve Jobs Apple-onien niemand erklären, was der Faschismus oder der Holocaust eigentlich war.
»Der Holocaust war die Ermordung der Juden«, schrie sie aufgebracht. Es war ihr gerade wieder eingefallen.
»Das ist ein Symptom, aber was genau war der Holocaust?«
»Sag ich doch, die Ermordung der Juden.«
»Waren es denn keine Menschen?«
»Doch, natürlich.«
»Wenn Sie nicht sagen, dass es Menschen waren, wie können Sie sich sicher sein, dass der Holocaust nicht noch immer passiert, weil zwar keine Juden mehr, aber vielleicht anderswo andere Menschen zusammen getrieben und erschossen

werden? Vielleicht ist auch ‚nicht geliked werden' das neue Warschauer Ghetto, oder wo ist jetzt der Unterschied vom Erlebnis her?«

»Manches Urlaubsviertel im Osten ist ja nicht unähnlich, vom Styling«, meinte ihr Kollege. »Also jetzt wegen dem Dreck und dem Grau überall und den stinkenden Menschen.«

»Was noch«, fragte ich. »Was erinnert Sie noch an den Holocaust?«

Sie dachten eine Weile nach und ich entwickelte diesen Forscherdrang: »Womit soll man den Faschismus denn vergleichen, wenn nicht mit dem Faschismus?«

Ich zwinkerte ihr zu.

»Na, sehen Sie es nicht? Geliked werden, oder nicht? Da muss doch bei Ihnen was klingeln. Damals gab es auch fünf Sterne bei Amazon und Ebay, also Krupp und Degussa. Die Juden bekamen immer nur einen ab!«

Und sie jubelten, weil es schick war und trendy, wie der Führer für den Aufschwung sorgte, die Faulen, also die Hartz IV Empfänger mit den Ratten verglich, bis es ganz logisch war, sie zu beseitigen und niemand mehr einer Erklärung bedurfte. Ein Klick genügte, einen zu liquidieren und dass man dann im KZ landete, durfte man nicht sagen, ohne dass man wieder weggeklickt wurde.

»Na, wollen Sie nicht auch mal. Drauf halten und abdrücken?«

Die Worte flossen jetzt unkontrolliert aus meinem Mund. Ich kreischte beinah und versuchte gleichzeitig die Heftigkeit meiner Emotionen aus Scham zu unterdrücken:

»Sie sind eine Appleonierin. Sie leben in einer Welt, in der jeder Schmerz verharmlost wird. Jedes Grauen eine bunte App hat und sie augenblicklich jemanden, der sich nicht an die Regeln hält, kündigen oder mobben werden, während sie sich selbst, weil sie nicht wissen, wer Sie sind, Sie dafür kein Gefühl haben, sich eben nicht als das Opfer einer Struktur empfinden können, weil sie blond und blauäugig sind, im System nicht auffallen, gegen welches Sie sich folglich nie auflehnen werden. Wie schwer muss es für Sie sein zu erkennen, dass Sie eine

Minderheit von nine to fivern sind, welche diese grauenhafte Gesellschaft am Leben erhalten, weil man Sie davon abschottet, Ihre eigene kleine Welt geschaffen hat, in der es kaum noch Störung gibt. Sie gehören den 30% der Bevölkerung an, die nichts mehr intensiv und intim, verletzlich fühlen, die keine echte Nähe mehr zulassen, ja nicht wissen, was dies sein soll, weil sie den schönen Traum leben und sich nicht vorstellen können, dass es für die anderen nicht ebenso einfach und leicht ist, sich den Schuss einer bürgerlichen Existenz zu setzen. Sie sind das gefährliche Drittel. Ich möchte, dass Sie mir folgen. Meiner Diktatur statt Ihrer Diktatur«, forderte ich in einem zunehmend energischeren Tonfall, der sie an den Leibhaftigen erinnerte.

»Hören Sie auf«, kreischte sie und hielt sich hysterisch die Ohren zu. Was ich da rede, fauchte sie mich an. Es ginge doch gerade, also bei diesem Treffen um einen Spot für Milchquark und ich könne diesen doch als Kreativer bedenkenlos, ja ohne zu denken geradezu, dachte ich nun, also eben nicht, umsetzen, aber wenn ich so weitermache, habe sich das wohl erledigt, wedelte sie mir mit dem Finger vor der Nase.

Ich nahm einen Stuhl und zerschlug ihn auf dem Tisch. Deutsche Eichensplitter überall und Kratzer tief wie finnische Fjorde. Ich wollte es fühlen. Ich wollte etwas fühlen, etwas Krasses. Etwas Echtes, etwas Wahres. Damit ich die Kraft aufbrächte Helena zu retten. Weil es wahr ist, was ich empfinde. Weil es wahr ist.

»Wir alle verrecken doch! Warum sehen Sie diesen Irrrrrssinnnn nicht«, schrie ich sie an und ihr ganzer Körper zitterte.

Der Journalist unterbrach meine Schilderung und die Kamera hielt drauf, während er wütend auf mich einredete: »Das hätten Sie dieser Frau nicht antun dürfen! Sie war über all das und über Helena nicht informiert. Sie war unwissend und hatte daran keine Schuld. Es bringt doch niemanden weiter, wenn wir alle an allem Schuld haben.«
»*Es geht nicht um Schuld*«, schrie ich.

Der Regieassistent blickte besorgt.
»Im Grunde geht es uns gut. Niemand muss in Deutschland verhungern. Genießen Sie doch das Leben«, erwiderte der Journalist.
»Aber die Einschaltquoten. Die drehen uns ab«, erwiderte ein anderer und der Assistent meinte: »Der ORF lässt uns seit Wochen machen, was wir wollen, weil dafür von der EU Fördergelder bewilligt wurden. Niemand versteht, warum und wie die EU Fördergelder bewilligt werden. Man macht einfach weiter, als gäbe es keine Fragen.«
Der Streit nahm zunehmend paradoxere Züge an. In diesem Moment wurde mir klar, dass der Journalist ein verwöhntes Bürschchen war. Ich verachtete ihn und sagte vorwurfsvoll: »Sie sprechen wie ein Babyboomer, der keine Ahnung davon hat, dass nicht jeder Arbeit bekommt, der Arbeit will.«
»Ich dachte, es ist ein Experiment. Ein Spiel. Aber all diese Leute, denen Sie Leid zufügen. Ich kann das nicht rechtfertigen. Sie bevormunden doch alle!«
»Das tue ich nicht«, sagte ich wütend.
»Doch, genau das tun Sie die ganze Zeit.«
»Aber ich bin doch nur ich selbst.«
»Sie sabotieren damit aber alles und das kann nicht Verantwortung sein.«
»Das ist stark«, unterbrach der Assistent.
»Können wir das so nehmen«, fragte er den Kameramann.
»Warum nehmen Sie das, was er gesagt hat«, fragte der Journalist den Assistenten aufgebracht. Er blickte überrascht: »Na, weil es professionell gesprochen ist. Die Betonungen sind richtig.«
»Aber der Inhalt?«
»Dafür bin ich nicht zuständig.«
Meine Gedanken waren wieder abgeschweift. Ich fuhr mit meiner Schilderung fort. Gleichzeitig schien ich auf alles und jeden wütend zu sein. Es war ein Donnerstag.

Ich ging angespannt im Büro umher, als führte ich Selbstgespräche, während die Frau vom Designerhafen schwitzend in der Ecke stand.

Dass sie in Wahrheit eine Mörderin im Bärchenkostüm sei, hallte es durch den Hof und ich warf ihr noch eine Reihe Gläser an die Wand.

»Sie doch auch«, kreischte sie mit verschlossenen Augen und begann mir gegen die Wand gedrückt den Hals zuzudrücken.

»Ja, aber ich habe mich entschieden ein besonderer Mörder zu sein«, erwiderte ich schnaubend, während sie auf mir lag und versuchte mich mit einem Tastaturkabel zu würgen. Sie zitterte ängstlich, nach dem ihr Kollege längst das Weite gesucht hatte. Der Saft rann ihr von der Lippe, sabbernd, keuchend.

»Einer, der gelegentlich die Seiten wechselt, der einen Verrat an der herrschenden Ordnung begeht und das ist ein Unterschied. Sie sind stets den Weg des geringsten Widerstands gegangen. Reibungsloser Download! Das ist nett und naiv und brav und darum scheint es nun auch hier in ihrem Büro, mit den Blumen fast schon komisch, irgendwie grotesk Sie eine Massenmörderin zu nennen, weil ja nichts hier Konsequenzen hat, weil Sie nur eine vom Apparat legitimierte Position ausfüllen, in der es nie die Frage ist, ob das, was Sie tun ein Verbrechen ist, sondern wie gut Sie das tun, was Sie tun. Ob Sie pünktlich kommen und nicht zu spät. Ob Sie sauber gekleidet sind und nicht nach der Herkunft der Produkte fragen.«

Sie schlug mir die Tastatur ins Gesicht und ich flog in die Ecke, wischte mir das Blut von der Lippe.

»Sie sind nicht einmal ein guter Killer. Schauen Sie sich doch an, wie Sie winseln und mich voll sabbern!«

Ihr ganzer Körper zuckte hektisch hin und her, als unterläge sie einem Exorzismus. Sie rang um Fassung, zupfte ihre schwarze Bluse zurecht und setzte sich wieder auf den Drehstuhl, als könne man noch zur Tagesordnung übergehen: »Ich weiß gar nicht, wie wir jetzt auf den Faschismus zu sprechen kommen«, sagte sie, ganz ordentlich. Es ginge doch darum, mich zu vermitteln. Sie sprach wie ein Kind, das ungerecht behandelt wird, mit zerzaustem Haar, Dreck im Gesicht und überhaupt in welchem Ton ich mit ihr spreche. Und an der Werbung sei doch nichts Schlechtes. Schließlich fördere es die deutsche Wirtschaft. Sie atmete tief ein, streckte ihre Brust weit raus.

»Wie kann eine Lüge die Wirtschaft fördern? Haben Sie sich nie gefragt, welchen Preis wir dafür bezahlen? Weil die Verlierer in Ihrer Werbung niemals zu Wort kommen«, fragte ich erschöpft.

Da rannte sie brüllend mit einer Lampe in der Hand auf mich zu, ich riss ihr die Bluse auf, sie versuchte sich aus meinen Armen zu winden und fast hätten sich unsere Lippen berührt. Dann starrte sie mich an, wie eine schwitzende Stute, die für einen Moment die Oberhand gewonnen hatte. Ich wäre gerne mit ihr verschmolzen, hätte loslassen können, dieses Anderssein, diese quälende Position, auf der ich stand. Vielleicht sogar Helena vergessen. Schwach sein, aber anerkannt werden. Sie schrie mich an: »Welche Verlierer denn? Etwa die Arbeitslosen? Es geht also doch um Sie!«

In diesem Moment erwachte ich und blickte in diese blauen Augen, umrandet von blonden Haaren, die mir vermitteln wollten, dass ich hier falsch sei, weil die Welt ja ganz in Ordnung und gleich Mittag war.

Vielleicht könnte ich etwas an meiner Biografie als Kreativer umschreiben, sagte ich stotternd, stand auf und ging, während diese unerledigte Betroffenheit im Raum zurückblieb, als wäre jemand gestorben der einmal sehr wertvoll war und es einem unangenehm wäre, die richtigen Worte nicht finden zu können.

»Heh, Mann, wir alle kennen das«, ergänzte die Hornbrille. Ein junger Mann, der schon länger mit uns im Bus fuhr. Dr. Frank ließ die Flasche Eierlikör rum gehen und machte eine Packung Kekse auf.

»Wollen Sie über den Faschismus sprechen, Herr Speed«, fragte Christine.

»*Nein, es gibt keinen Faschismus. Heute gibt es keinen Faschismus.*«

31

Draußen auf der Straße traf der Journalist zufällig eine alte Bekannte.

»Heh, wie geht es dir?«, fragte sie. Die beiden umarmten sich. Sie sah aus wie eine gut gekleidete Frau, die gerade auf dem Weg vom Büro nach Hause war. Offensichtlich fand er sie anziehend. Das passte jetzt irgendwie nicht und es war ihm unangenehm, mit uns öffentlich gesehen zu werden. Er signalisierte ihr, dass er sie ein Stück begleiten würde, möglichst fort von unserem Bus, der an der Ecke stand.

»Ach, wie es einem eben geht«, sagte er mit einem unsicheren Lächeln: »Ich bin beruflich unterwegs. Schreibe einen Artikel über diese Gruppe von Menschen, die mit dem Bus zu Red Bull fahren. Diese TV-Serie, die im ORF läuft. Muss man nicht gesehen haben. Ist was Politisches. Eher anstrengend.«

»Stieren des Weltdesigners, nicht wahr? Ist eine Art Sozialkritik, aber läuft weit nach Mitternacht. Meine Mutter und ich zeichnen es auf und schauen es uns dann sonntags beim Frühstück an. Ich finde, man muss schon wach sein, um die vielen politischen Anspielungen mitzubekommen. Das ist absolut genial, wie sie versuchen uns Mut zu machen. Meine Mutter wünscht sich nichts mehr, als noch zu erleben, wie Sandra Bullock im Fernsehen sagt, dass es OK ist, ein unperfekter Mensch zu sein, der nicht Teil der kapitalistischen Verwertungsmaschine ist.«

Der Journalist starrte auf ihre Brüste und wusste nicht, was er sagen sollte. Stotternd fragte er nach ihrer Telefonnummer und ging dann eingeschüchtert seiner Wege.

Episode 2: Ich bin Jane

1

»*Du Tarzan, ich Jane! So fängt es irgendwie immer an, wenn ich mit Speed unterwegs bin. Das hier ist meine Wohnung. Simpel gehalten. Geradlinig.*«

Sie steht an einem Tisch und schneidet Möhrchen auf einem Brett, an dessen Oberfläche ein Foto der deutschen Arbeitsministerin Ursula von der Leyen klebt. Auf dem Bild lächelt sie wie die deutsche Paradehausfrau. Die Kamera zeigt immer wieder, wie die Möhrchen auf ihrem Gesicht zerschnippelt werden.

»*Also, ich schneide Menschen die Haare. Der Kohle wegen. Das macht es mir leichter, mit der Welt klar zu kommen. Das Wegschneiden, bis es passt. Ordnung schaffen.*

Das was Speed und wir Anderen tun. Inzwischen sind wir an die 15 in dem Bus. Also, was wir da machen, ist sicherlich ungewöhnlich, wa?. Es ist nichts Sexuelles. Nichts Erotisches. Das wäre ja OK, weil heute alles Sex ist und niemand zu dem, was sexy ist, nein sagen kann. Die totale sexuelle Befreiung in jedem Produkt ist das Ende der Verweigerung, sagt Speed. Jeder will den totalen Sex. Oder etwa nicht, wa?

Höre auf meine Muschi zu filmen!

Unser Kameramann. Der Rocko.

Ich muss immer aufpassen, dass Speed nicht zu weit geht. Also, wir sind nicht irre oder so. Das geschieht alles aus einem anderen Grund.

Das tue ich wegen meinem Mike, aber darüber will ich grad nicht sprechen. Jedenfalls ist es komisch, dass die Leute keine Fragen stellen. Ich meine, wegen dem Krieg. Dass die Amerikaner jetzt immer überall sind und so.

Dass es aufhört, wenn wieder alle Arbeit haben. Und dass der einzelne schuld ist, der keine Arbeit hat. Wer Schuld hat, wird abhängig und wer abhängig ist, macht sich schuldig. Hartz IV ist ja so wenig, dass man nebenbei anschaffen gehen muss oder sonst irgendwie heimlich dazu verdienen. Sonst machste ja Schulden ohne Ende. Das wissen die und darum finden die so viele Sozialbetrüger. Weil die das so eingerichtet haben, dass es nicht anders geht. Jedenfalls können die uns dann alle wie Verbrecher behandeln. Manche Leute sagen, wir hätten uns der Verantwortung entzogen. Wir lebten in einer Fantasiewelt. Was aber ist, wenn man eine Fantasie haben muss, um überhaupt in der eigenen Welt leben zu können? Nicht fremdbestimmt. Haben Sie darüber schon mal nachgedacht?

Was aber ist denn ihre Welt? Nehmen wir die Frau hier.« Sie stach der Ministerin mit der Messerspitze zwischen die Augen. »*Sie sanktioniert Menschen ohne Arbeit, weil sonst keiner mehr für einen Hungerlohn arbeiten geht, wenn es in der Sozialhilfe zu gemütlich wird. Es ist ja nicht ungemütlich. Also, das sagt dann kener mehr wa! Es ist schlicht kriminell dort. Wer aber hätte was davon, dass man kriminell werden muss, um von Hartz IV leben zu können? Ist denn Ungemütlichkeit Arbeit? Ist die Arbeit durch die Ungemütlichkeit ersetzt worden? Sehen Sie? Der Arbeiter ist das eigentliche Ziel. Warum explodieren denn die unterbezahlten Jobs? Warum reden wir von Jobs und nicht mehr von Berufen? Weil der Job nichts mehr mit Berufung zu tun hat und mit Lebensziel, mit dem wer jemand ist. Talente sind unwichtig. Nur die Qualifikation zählt, wa! Einen Job kann jeder haben. Jeden*

Job. Sehen Sie es nicht? Sie zerstören uns. Das, was uns ausmacht und nennen es Zeitgeist, als wäre es passiert, wie ein Naturgesetz. Nein, wir, der Speed, icke und die anderen, sind Individualisten aus pragmatischen Gründen, aus politischen Gründen.

Die Ursula, die da lächelt und sagt, Arbeit müsse sich lohnen, zieht mit der Reduktion der Sozialhilfe die Löhne nach unten. Sie spielt den Arbeiter gegen den Arbeitslosen aus, weil das angeblich realistisch ist, aber vernichten will sie den Arbeiter, die Familie, jeden Menschen in diesem Land. Damit Europa funktioniert und Brüssel mehr Macht erhält, müssen alle Länder gleich arm sein. Reiche Länder wären frei und unabhängig. Da kämen die auf die Idee plötzlich mehr Freiheiten zu ermöglichen und dann wollen die anderen das auch und das will dann niemand bezahlen, also kein Fortschritt für alle. Das ist Europa.

Und jetzt, sehen Sie sich an, was wir mit unserer Reise tun? Und sagen Sie dann noch Mal, dass wir Träumer sind, dass wir vor den Realitäten fliehen! Tun wir ja vielleicht auch. Ich bin Friseuse. Ich kenne die Realitäten. Ich bin wie die meisten Leute da draußen, wa! Hab ick alles schon mal gemacht. Auf den Knien rutschend. Aber wenn du mal drüber nachdenkst!«

Sie schnippelt wieder Möhrchen über dem Gesicht der Ministerin.

»Jedes Möhrchen ein Arbeiter. Kürzen, kürzen, kürzen. Alle gleich lang, alle gleich kurz. Wenn das Möhrchen sich nun zur Banane erklärt, oder zur Gurke oder zu einem Eisenstab. Was ist dann?

Ich beispielsweise bin Emo Punk. Wegen der dunklen Haare, der Schminke und den Klamotten. Aber warum bin ich ein Emo Punk? Das ist ja schon auch schräg, eine Rolle, wie ein Job irgendwie. Trotzdem finden wir das relativ normal. Darüber sollten Sie nachdenken! Ich Tarzan, Du Jane! Wer ist nun eigentlich der Dumme?«

Schnitt.

2

Seit Tagen drehten wir neue Szenen, ohne Drehbuch und ohne Ziel.

»Sollte ich jetzt endlich über Helena sprechen?«, fragte ich.

»Komm zum Punkt, Speed«, meinte Christine ungeduldig.

Helena sah aus, wie eine, die sie bei der französischen Revolution übersehen hatten. Die Inzucht hatte Spuren hinterlassen. Nicht an ihrem makellosen, blassen Körper, sondern in ihrem Geist. Eine Art hysterische Zerbrechlichkeit, die den Dingen eigen war, welche nur durch Geld am Leben gehalten wurden statt von der Breite der Existenz. Sie war eben kein Brauereipferd, sondern ein Zirkuseinhorn. Und da war noch ihre Familie. Ihr Onkel Rodenhirsch, der sie auf dem höchsten Vulkan Italiens opfern wollte. Sie würden ihren blassen Körper mit magischen Kräutern füllen und sie anschließend in den Schlot werfen, um den Faschismus in Europa zu gebären und ihren Gott, den Moloch, aufzuwecken.

Schnitt.

Zoom.

»Helena war tatsächlich Ihre Freundin«, fragt der Journalist in dem Hotelzimmer, während Christine die Kamera mitlaufen lässt: »Aber Sie sahen etwas radikal anderes in ihr. Ist das nicht überspannt? Ich begreife, was Sie wollten. Den politischen Menschen aus der Spaßgesellschaft herauszwingen, sperrig und trocken, eben nicht unterhaltsam. Sie brachen darum mit der Dramaturgie, mit der gefälligen Erzählweise. Aber noch immer ist mir nicht wohl, weil ich nicht glaube, dass es funktioniert. Dass sich dadurch entschlüsselt, was schief läuft, in der Welt. Es wird sich die humane Ordnung nicht zeigen, nach der es Ihnen verlangt. Das mag ihre private Vision sein, aber wir sind nicht Speed.«

»Weil Sie sich immerzu positionieren wollen«, widerspreche ich ihm. »Sich nicht vorstellen können, dass Sie es selbst ausgelöst haben. Unbewusst.«

»Wie bitte? Ich verstehe nicht«, sagt er entrüstet und stellt sein Glas Wein wieder hin.

»Dass es nicht zufällig passiert. Wenn Sie die Kontrolle loslassen, fallen Sie in eine Welt, die wie ein Traum von unbewussten Motiven bestimmt ist, hinter denen eine höhere, eine komplexere Intelligenz steckt«, erkläre ich geduldig. »Glauben Sie nicht, dass eben diese Verwirrung, welche Sie verspüren, seit wir Sie in unsere Küche eingeladen haben, beweist, dass wir dort, wo wir unkontrolliert sind, Werkzeuge unseres Unbewussten werden? Ist es nicht der Sinn einer Gesellschaft, Projektionsfläche zu sein für ein Experiment, in dem eine Gruppe von Menschen versucht mehr als die Summe ihrer Einzelteile zu sein? Weder unnötig, verdrängt, vergessen, noch tyrannisch über den anderen bestimmend. Stattdessen wird diese Gesellschaft behandelt, als sei sie das reale Endergebnis, das, was fest steht, während der einzelne Mensch sich dem anpassen soll.

Bevor Sie zu uns kamen, hatten Sie eine klare Meinung und nun versuchen wir seit Tagen Ihnen diese ignorante Klarheit zu nehmen.

Meine Welt ist schwammig, weil ich nicht will, dass wir wissen, sondern in dem leben, was wir nicht wissen, damit darin was Echtes wachsen kann.«

Wir mussten einen Weg finden die Rodenhirschs aufzuhalten. Gleichzeitig existierten sie vielleicht überhaupt nicht. Nahm ich sie ernst, wurden sie zu Funktionen. Das war meine Inszenierung. Stellvertreter für das Böse in der Welt. Genauso verdächtig wie die Hoffnung, wir aus dem Westen seien die Guten. Es machte mich glücklich, der Gedanke, dass es irgendwo da oben jemanden gibt, die Rodenhirschs, die Familie von Helena, die an allem schuld sind. Sie haben viele Namen. Bush, Obama, Putin, Merkel oder Speed oder Dr. Frank oder der dicke Chemiestudent. Ein gewagter Gedanke. Oder viel mehr ein politisches Statement. Vielleicht sogar eine Haltung.

Es hilft mir nicht die Eliten zu verachten. Denn die Eliten stecken in mir. Sie haben sich in mir eingenistet. Jetzt wo ich grenzenlos lebe. Ohne mich abzuspalten. Ich habe mit ihnen eine Beziehung und eben diese Beziehung ist ihre Schwäche, weil es den ganzen hierarchischen Bullshit aufbricht.

Es ging wieder los. Niemals durfte ich mir sicher sein, was wirklich auf unserer Reise passierte, weil das andere sonst in mir drinnen explodierte, ich wahnsinnig wurde, weil ich in diesem Körper unmöglich das Wissen des ganzen Kosmos tragen konnte. Bin ich ein unwissender Mensch, oder das alles was gelebt werden kann?

»Es stimmt nicht, dass die Welt von den Rodenhirschs beherrscht wurde«, schrie ich im Bus und glücklicherweise war Helena gerade auf der Toilette. Man durfte die Wahrheit nie direkt anstarren, nur über die Halbwahrheit reflektieren.

»Sie haben das jetzt sicher mitbekommen, Speed«, meinte Jane später. »Können wir nun für ein paar Tage nach Berlin zurückkehren? Bestimmt arbeitet es bereits in ihnen und sie fragen sich, wer mit den Rodenhirschs wohl gemeint ist? Warum nichts konkret benannt wird. Dass wir in der großen Menschheitskrise keinen Nutzen erzeugen. Keine Lösung. Kein Produkt. Sie verstehen nicht, wie wir damit Helena retten wollen.«

Ich nahm den Journalisten zur Seite und wir setzen uns in die Anprobe neben dem Bus. Er sagte aufgeregt zu mir: »Vielleicht sollte ich den Lesern meines Artikels hier klar vermitteln, dass Sie diese Dinge wirklich leben. Dass es eine weitere Ebene hinter dem Dreh gibt. Es ist keine Serie in dem Sinne, dass da einer »Kamera läuft« schreit und ein Anderer ‚danke'. Sie schlafen auch hier und bezahlen fast alles aus eigener Tasche. Das ORF ist vielleicht nur ein Aufkleber unter dem Mikrofon.«

Ich schnaubte: »Oh, Mann. Ich weiß nicht, wie lange ich das durchhalten kann. Die Leute müssen doch langsam verstehen! Ich habe schon 80% meiner Kunden verloren, seit ich das hier mache und wofür? Ich weiß nicht mehr wofür? Es kotzt mich an. Ich will einen Hamburger in mich reinstopfen und zehn Stunden fernsehen und dann drei Tage durchschlafen.«

»Was ist mit Helena«, fragte er irritiert.
»Sie redet nicht mit mir. Vielleicht habe ich das nur rein interpretiert? Und sehe in ihr etwas, was sie nicht ist. Nur weil der BH, den ich ihr gekauft habe, nicht die richtige Größe hatte. Als ob ich das wissen könnte. Jeder macht mal einen Fehler. Wie viel Nähe, wie viel Bewusstheit muss ich leben, um kein Unmensch mehr zu sein?«
»Aber die Gesellschaft?«
»Ich scheiß auf die Gesellschaft.«
»Sie müssen doch das Werk beenden?«
»Warum sollte ich das tun?«
»Weil wir das erwarten.«
»Umso schlimmer. Es könnte noch Jahre dauern. Ist ja alles offen. Dann doch lieber Faschismus. Und das horizontal, damit man wieder mitreden kann und dieselbe Erfahrung macht. Die Ordnung wäre hergestellt.«
»Ist das politisch gemeint?«
»Nein, es geht mir persönlich am Arsch vorbei. Die machen doch alle nur mit, weil sie denken, dass ich wichtige Leute kenne und weil da überall das Logo vom ORF klebt.«

3

»Ich denke, Sie sollten erfahren wie ich Helena kennenlernte. Schließlich haben Sie davon gehört, dass dies alles wegen ihr passiert.«
Ich stehe auf einer Kiste vor der versammelten Crew.
»Verzeihen Sie! Ich habe die letzte Nacht schlecht geschlafen und musste an diesem Experiment zweifeln. Niemals aber wollte ich Sie hintergehen. Ich weiß nur nicht, wie ich es Ihnen allen sonst erfahrbar machen soll. Das was mich quält, schon seit langer Zeit quält und auch Sie betrifft.«
Ich stand nervös vor den Technikern, dem Produzenten und vielen Interessierten.
»Sie haben das Recht mich auch von meiner normalen Seite her kennen zu lernen. Als Mann, der versucht hat, das ‚Richtige' zu

tun und dabei gescheitert ist. Ich will offen und ehrlich zu Ihnen sein. Was wir bisher performed haben, war schwierig, weil Sie nicht wissen konnten, ob es ernst gemeint ist. Ja, es ist ernst gemeint und gleichzeitig wissen wir nicht, wohin es uns führen wird. Diese Serie, dieses Buch. Längst dauert alles viel länger, als Sie es gewohnt sind. Es fällt immer schwerer zu unterscheiden, zwischen der Fernsehserie und uns als die Menschen, die wir sind. Etwas in uns will nicht mehr mitmachen. In dem Film. Etwas anderes glaubt zu wissen, weshalb und daran zweifle ich. Ich habe das Gefühl, dass wir es nicht wissen können. Nicht wissen dürfen. Noch nicht. Sonst werden wir es nicht leben. Sie wissen schon! Die EU, der Umweltschutz, die Rettung der Welt, dass man im Job funktioniert. Darum erzähle ich Ihnen jetzt, wie Helena und ich uns kennen lernten. Sie werden sich fragen müssen, was Sie an meiner Stelle getan hätten?«

Helena hatte einen Vortrag von mir in Potsdam besucht, in dem ich das Logo der deutschen Johanna Quandt Stiftung mit einem Hakenkreuz verglich. Die Wirtschaftskammer war entsetzt. Es ist mir einfach passiert.

Ein oder zwei Mal im Jahr hielt ich Ansprachen vor Topmanagern. Gelegentlich war ich auch im Fernsehen oder im Radio. Die Fahrt zum Kongress konnte ich mir kaum leisten, aber von Selbstmarketing verstand ich einiges. Also von Höhepunkten. Momenten, in denen unglaubliche Dinge passierten. Die Wiederholung war nicht mein Ding, was in direktem Widerspruch zu den Grundprinzipien des modernen Marktes stand, wo man nur durch Wiederholung der immerzu selben Vorgänge Geld machte. Ich fiel immer tiefer und verstrickte mich. Die Verstrickung ist alles, was ich in meinem Leben hervor gebracht habe.

»Wiiiiiiiiiiiiiiiiiiiiiiii. Stimmt nicht! Also nicht wirklich so. Nur anders. Hot, ich meine Hip. Ich muss es einfacher sagen.«

Jedenfalls kam es vor, dass ein bis zwei Mal im Jahr jemand anrief, um mich zu buchen. Weil die meisten sich dachten, dass jemand nur derart exzentrisch leben konnte, wochenlang mit einem Bus zu Red Bull fahren, wenn er auch erfolgreich war.

»Er ist die Stimme«, sagten sie und meinten damit, dass ich fast nur noch als Stimme wahrgenommen werden konnte. Ich ging ja kaum noch aus dem Haus. Die reine Stimme konnte man noch wahrnehmen. Wie ein Monolog, eine Frequenz. An mein Gesicht erinnerten sich die wenigsten. Auch was ich eigentlich machte, war unklar. Nur die Stimme kannte man. Sie sahen mich irritiert an. Den Speed hab ich schon mal gehört. Der macht diese verrückten Dinge, die niemand versteht. Wovon er wohl lebt?
»Du musst die Rolle weiter ausarbeiten«, warf Dr. Frank ein.
»Du kannst nicht ständig aus der Rolle fallen!«
»Heute aber muss man doch aus der Rolle fallen, Dr. Frank. Ja, wir drehen vielleicht sogar einen Nazifilm. Nur, dass er in naher Zukunft spielt und noch niemand weiß, dass es ein Nazifilm ist.«
Die Kulissenmalerin hatte dazu in einer durchzechten Nacht ein Lokal aus den 30er Jahren in Berlin gemalt, während Dr. Frank als der 30er Jahre Retrosänger Max Raabe im Hintergrund sang: »Das Fräulein mit der Schnute, das machte Tante Trude fürchterlich eifersüchtig...«. Nur, dass wir alle unsere normalen Klamotten trugen. Etwas stimmte nicht.
Ich stand also da mit Hemd und Hose, während Dr. Frank einen neongrünen Jogginganzug an hatte und damit durchs Bild lief.
Darum musste ich einfach ein außerordentlich erfolgreicher Speaker, eine große Stimme sein, weil ich derart exzentrisch lebte, wenn ich nur noch Stimme war, mir also leisten konnte, nicht zu arbeiten, sondern Stimme zu sein. Wie die Dekadenz einer Hochkultur, kurz vor Stalingrad. Weil neben dem Job ja nur noch Stimme oder überhaupt keine Stimme ging, also dann kein Job mehr, oder Job aber keine Stimme. Nur dadurch lässt sich erklären, warum ich an der Armutsgrenze lebte, aber eben mindestens zwei oder drei Mal im Jahr vor den wichtigsten Managern des Landes sprach.

»Die Form ist unverkennbar ähnlich. Es ist wie mit diesen Illusionsbildern. Mal sieht man eine junge Frau, dann eine Alte. Je nach Betrachtungswinkel. Es ist eindeutig ein Hakenkreuz. Wenn wir die Familiengeschichte der Quants betrachten, die ja die Haupteigentümer von BMW sind und zu den reichsten Familien in Deutschland gehören, ist es doch erstaunlich, dass sich diese formgebende Ähnlichkeit ergibt. Als wolle das Unbewusste uns daran erinnern, dass Goebbels mit einer Quandt verheiratet war.«

Schock. Schnitt.

»Was hat das denn mit Innovation zu tun?«, unterbrach mich ein Unternehmer.

»Aber man könnte doch auch sagen, dass wir hier nur vier Pfeile sehen, welche in rechten Winkeln ein Kreuz bilden. Dass es Flackgeschützgrau sein soll, ist doch eine Interpretation«, warf ein Manager aus Dortmund ein.

Ich atmete tief ein und machte nervös Schritte von rechts nach links und zurück.

»Der Punkt ist. Ich möchte mich für das entscheiden, was wir nicht wissen, was mir doch nach der Wirtschaftskrise, vor der wir dachten alles zu wissen, reifer erscheint«, erwiderte ich. Das war logisch. Es nützte nur nichts. Aber es war nicht falsch. Nicht falsch ein Gefühl auszuleben, ganz persönlich und privat, als könne es tatsächlich etwas bedeuten, ja groß sein, wie ein Konzern, wie Manager wichtiger Unternehmen. Wenn es nur echt war.

»Was ist das denn für ein Schwachsinn«, unterbrach ein Vorstandsmitglied der Deutschen Telekom. »Das ist doch absolut unkonkret. Es ist mir unbegreiflich, wer Sie eingeladen hat und warum. Wir sind alle Unternehmer. Wir wollen ein konkretes Produkt verkaufen. Das ist doch das, worum es

geht. Um die Förderung der Wirtschaft. Nicht um deren Sabotage.«
Ich zuckte und man sah mich irritiert an:
»Sie sind alle tot«, schrie ich mit diesem irren Blick und einem Tonfall wie Adolf Hitler: »Tot, weil das, was Sie sich unter Innovation vorstellen, von den Chinesen einfacher und billiger produziert werden kann. Was Sie vergessen haben, ist der lange Weg, den Unternehmer vor Ihnen gegangen sind. Die Auseinandersetzung. Das, was Old Europe groß gemacht hat. Die Kultur des Widersprechens. Nur Widersprüche rufen die Intelligenten auf den Plan. Sind sie erst wach, werden sie uns sagen, dass wir dieses Gefühl haben dürfen, auch wenn es negativ ist. Diese Wut.

Ich bin nicht böse, nur weil es böse aussieht. Sie müssen dreidimensional denken oder vierdimensional.«

Ein Mann im Tweedanzug stand auf und fragte wohlwollend:
»Na, dann sagen Sie uns doch, was wir konkret tun sollen?«
»Ich weiß es nicht«, antwortete ich verzweifelt, weil ich nicht mehr ich selbst war und nicht wusste, weshalb, und gleichzeitig entschlossen wirken wollte. »Und überhaupt habe ich den Faden gerade verloren. Manchmal spricht ein Mensch, obwohl er mit den Worten nichts sagt. Sehen Sie es denn nicht, was los ist? Die Krise ist überall und Sie haben noch nicht annähernd verstanden, was sie ausgelöst hat! Es genügt nicht, dass Sie sagen, dass ich falsch bin, dass ich eine Katastrophe bewirke und unprofessionell agiere. Davon wird nichts besser. Es wird schlimmer. Noch schlimmer. Ich will, dass es schlimmer wird, weil ich mich dann wenigstens selbst spüre. Ihr arroganten Arschlöcher! Sie wird nicht aufhören! Die Krise. Glauben Sie mir. Jedes Mal, wenn ich eine Hochglanzveranstaltung der deutschen Wirtschaft betrete, muss ich ausrasten. Es passiert einfach, wie eine Antwort der Natur auf den allzu glatten Geschäftsplan.«

Ich blickte in die Runde, geblendet von den Scheinwerfern. Erste Gäste standen auf und gingen raus.

»Was für ein Idiot«, rief einer und wedelte abfällig mit der Hand.
»Aber sehen Sie es denn nicht. Das hier ist das, was nach dem 11. September hätte passieren sollen und wieder 2008. Dass wir uns anschreien und uns raufen, weil wir uns ernst nehmen. Stattdessen haben wir Afghanistan bombardiert. Wir hätten den Schmerz aushalten sollen, statt immer nur auf den starken Mann zu hören.«

»Das geht ja so auch nicht, Speed«, sprach der Journalist aus dem Off. »Man muss schon eine Theorie anbieten. Etwas was zielführend ist. Es reicht nicht, einfach nur das Chaos selbst zu verschlimmern und das dann eigenständige Identität zu nennen, oder gar Freiheit!«
»Und dann? Was ist dann?«
»Klarheit«, fragte der Journalist verunsichert.
»Und was ist Ihre Klarheit anderes als Ignoranz? Sehen Sie denn nicht, dass wir voller Leben sind? Sehen Sie denn nicht, dass das Leben nicht aufhört, nur weil Sie mal was verstanden haben, was Sie dazu bringt, anschließend wieder ignorant und unauthentisch zu leben!«
»Sie müssen es Ihnen erklären. Sie wollen es Ihnen doch erklären«, versuchte er in einem pädagogischen Tonfall.
»Sage ich es mit ihren Worten, sage ich es in einer Sprache, in der es diese Erfahrung nur als Problem gibt, die wir aus der Distanz betrachten. Wir Europäer sind nur noch Distanz und Verdrängung.«
»Sie verdienen damit kein Geld.«
»Es ist nicht bezahlbar, mein Freund. Darum habe ich die Verantwortung mich zu ruinieren. Mit dem Verstand kannst du es nicht begreifen. Mit dem Herzen schon.«
»Sie nennen es Wahrhaftigkeit. Dabei ist es nur Schmerz.«

Auf der Veranstaltung wusste ich das alles nicht. Ich fühlte mich schlecht und schämte mich, dass ich diesen Leuten den Abend versaut hatte.

In diesem Augenblick sah Helena etwas in mir, was sie noch nie beobachtet hatte. Sie starrte mich neugierig an.

Als wäre ich ein Modetrend, eine neue Handtasche, eine Magie, die ihre Eltern zutiefst abgelehnt hätten, dunkel, schwarz und sexy.

»Was aber ist, wenn es Absicht war? Ich meine, wenn es nicht unbewusst passiert ist, das Logo«, unterbrach eine alte Frau verunsichert. »Wenn auch Sie gerade passieren, weil...«
»Das ist doch Schwachsinn. Als Nächstes vergleicht er den schwarzen BMW mit einer SS Uniform wegen der Ledersitze«, empörte sich einer der alten Säcke.
»Das ist Verleumdung«, brüllte ein Anwalt. »Die Unwahrheit ist verboten.«

Ich strich mir mit der Hand durch das Haar und tat so, als wollte ich etwas Wichtiges sagen:
»Die Johanna Quandt Stiftung hat mir eine mehrere Seiten lange Erklärung der Werbeagentur geschickt. Weshalb es sich um dynamische Pfeile handle, welche eine gewisse Dynamik ausdrücken sollten. Welche Dynamik wurde nicht genau erklärt. Es durften nur positive Worte verwendet werden. Also es wurde genau erklärt. Nur machte es keinen Sinn. Als wäre die Dynamik der Sinn. Und jetzt entsteht da doch eine Dynamik, die eben schon Sinn macht, wenn man dies zulässt, weshalb mein Vortrag in letzter Konsequenz brillant ist und uns alle erlösen kann. Wenn Sie nur hier bleiben, einige Stunden, vielleicht Tage. Dran bleiben, bis wir herausfinden, was es ist, was wir hier unbewusst erschaffen.«

Ich sah die Frau nachdenklich an:
»Vielleicht widerholt sich die Geschichte. Das Enge verweigert dem Ausufernden das Recht auf Leben, dem anderen. Nur ist das Enge vielleicht kein Glatzkopf in Brandenburg, kein Adolf, sondern eine Technologie, oder eine Form von Widerstand, ein Ausdruck von Alternativlosigkeit oder schlicht Bequemlichkeit?«

Helena stand auf und fragte: »Wäre es möglich, dass unser kollektives Unterbewusstsein uns mitteilen möchte, dass wir das Dunkle nicht bekämpfen, sondern durch es hindurch gehen sollen?«

Noch mehr Manager verdrehten die Augen und wollten gehen.

In den vielen Minuten danach, die mir unendlich lang erschienen, weil ich nur da stand, auf der Bühne, nachdenklich, ordneten sie ihre Weltbilder wieder. Sie bestätigten sich gegenseitig darin, dass es sich bei BMW auf keinen Fall um ein faschistoides System handle und dass man nicht einfach behaupten könne, wenn Firmen ein politisches System wären, es sich auf jeden Fall um Diktaturen handle. Was überhaupt nicht relevant sei, weil sie überhaupt keinen Einfluss auf das gesellschaftliche, sondern lediglich auf das wirtschaftliche Leben hätten, wobei für die Freiheit wiederum andere Experten zuständig seien und auf keinen Fall könne man jemals wieder jemanden solche Dinge aussprechen lassen, der keinen Dr. in Ökonomie besaß. Rechtliche Schritte wolle man sich vorbehalten.

»Bis zu diesem Zeitpunkt war es ein interessantes, aber weitgehend bedeutungsloses Experiment«, sagte der Journalist im Hotel zu mir: »Eine TV-Serie, die weit nach Mitternacht lief und allein darum nicht abgeschafft wurde, weil die EU aufgrund eines bürokratischen Fehlers darin investiert hatte. Man wollte das Geld nicht zurück bezahlen, also wurde ausgestrahlt. Dann aber nannten Sie es eine Wirtschaftssendung. Das war ein Skandal. Warum haben Sie das getan?«

»Weil es eine Wirtschaftssendung war. Darum ist Rodenhirsch durchgedreht, weil auch er wusste, dass es eine Wirtschaftssendung ist. Es ging um den Menschen als Ware.«

»Ist das nicht zynisch?«

»Der Markt beruht auf Bedürfnissen. Wir wollten neue Bedürfnisse wecken. Es gibt für uns kein Zurück mehr. Dafür wissen wir zu viel. Im Nachhinein mag es leicht und verspielt erscheinen, aber Rodenhirsch wusste genau, dass es todernst war. Auf diese Weise zu leben, brächte alles zu Fall.«

»Aber wie ist es, auf diese Weise zu leben«, fragte der Journalist und schenkte sich nach. An diesem Tag wirkte er versöhnlich und zugleich erschöpft.
»Verstehen Sie doch, dass es mehr ist, als die erlauben wollen. Darum soll Helena ermordet werden. Berührt ihr Schicksal uns nur für einen Augenblick, explodiert die Komplexität unserer Welt und niemand kann unsere Aufmerksamkeit beherrschen. Heute Helena und morgen sehen sie den Kollegen mit anderen Augen und plötzlich ist auch die Regierung nicht mehr das, was sie uns zu sein vormacht. Dann endlich sind wir frei.«
»Was wird geschehen, wenn Sie scheitern?«
»Sie meinen, wenn ich Helena nicht retten kann? Dann werden kommende Generationen in einer Welt leben, in der das Individuum keinen eigenen Schmerz mehr ausdrücken kann. Weil es dafür keinen subjektiven Spielraum in der Sprache oder in der Wahrnehmung gibt. Es muss sich dann stets auf die genormte Definition beziehen. Auf die zwei Zustände. Erfolg oder Misserfolg. Glück oder Leid. Wobei, wer leidet, gescheitert ist.«

4

»Ich muss Ihnen mehr davon erzählen! Jetzt sofort«, forderte ich den Journalisten heraus und er erwiderte besorgt: »Sie wollen ablenken. Bitte lassen Sie uns nicht wieder abschweifen. Gerade jetzt habe ich das Gefühl, dass ich den Leuten schreiben kann, worum es bei Ihrer Reise geht.«
Wir saßen in einem Kaffee, an einem Donnerstag, in Berlin Kreuzberg. Helena fiel auf, weil alle anderen total abgerantzt waren. Außerdem war ihre Stimme etwas schrill.
Schnitt.
»Wir legen in unserer Familie sehr viel Wert darauf, dass etwas eine klare Form hat. Dass es bewusst ist«, sagt sie mit diesen verliebten Augen. *»Wenn man die ganze Welt kaufen kann, ist das Besondere der einzige Ausweg, um eben nicht ständig die*

ganze Welt kaufen zu müssen. Schließlich kann das rasch zur Sucht werden. Man verliert die Disziplin und schon ist sie dahin, die Macht. Das Besondere ist das, wofür wir leben. Gleichzeitig verhindern wir es in der Welt. Es ist wie mit den Weintrauben. Man muss viele wegschneiden, damit die Qualität in der Quantität begrenzt bleibt. Als du das Hakenkreuz im Logo der Johanna Quandt Stiftung erkannt hast, wusste ich, dass du anders bist.«
»Wie soll ich es ausdrücken. Ich...«
Sie schließt meine Lippen mit ihrem Zeigefinger, nimmt meine Hand und sagt mit dieser unschuldigen Stimme: »Fick mich! Ich will, dass du mich aus der verstaubten Welt meiner Familie rausfickst. Ich scheiße, ich meine, das sagt man doch so, ich scheiße auf die Tradition.«

»Das ist lächerlich«, unterbricht Dr. Frank. »Kinder, das geht so nicht.«
Schnitt.

»Es ist mein Lokal. Hick! Ich kaufe das verdammte, hick, fick, Lokal, aber fick, hick mich! Jetzt sofort«, ruft Helena und bricht in Lachen aus.
»Ich piss mich an«, meint die Hornbrille und der dicke Chemiestudent fällt fast vom Stuhl.
»Ist es denn wenigstens verboten«, frage ich neugierig.
»Ja, ich denke, das könnte man sagen.«
»Bitte, sage, dass es verboten ist!«
»Sie werden uns dafür hängen«, ruft sie und fällt wieder lachend aus der Rolle.

Schnitt.

Sie fragen sich, ob es Helena tatsächlich gab. Ja, es gab Helena und es gab diese Elite. Das sind Dinge die niemand direkt aussprechen kann, ohne gleichzeitig in dieser Vorstellung gefangen zu sein, von oben und unten, von gut gegen böse. Wir haben uns für einen anderen Weg entschieden.

»Ich verstehe, dass Sie ein Leben lebten, welches behauptete, eine Fantasie sei erlaubt, sei es wert für eine bessere Gesellschaft. Bar jeder Nützlichkeit oder

Verwertbarkeit war das natürlich radikal«, warf der Journalist wieder ein, während wir hinten im Bus saßen und die anderen vor uns Schach spielten und rauchten: »Warum nur haben Sie dieses Vertrauen in die blanke Existenz? Warum müssen Sie sich nicht absichern, ein Ziel haben, eine Methode? Wenn es nun scheitert? - Geht es nicht darum, das Leben einer jungen Frau zu retten? Spüren Sie es denn wirklich? Ich frage mich, ob Sie sie tatsächlich lieben. Wie können Sie nur derart spielerisch, derart albern mit dem Thema umgehen? Immerhin droht der Frau, die Sie lieben, ein grausamer Tod.«
   Ich sah ihn betroffen an.
»Männer, die stärker sind als ich, wollen sie opfern. Niemand wird mir glauben. Ist es da nicht logischer, die Welt, ich meine, möglichst viele Menschen zu sensibilisieren? Nur wenn sie verunsichert sind, sind sie wach. Das ist meine Waffe. Ich kann Menschen irritieren. Was anderes kann ich nicht.«

5

Ein Mann sitzt in einem Büro. Ein anderer kommt hinzu. Er ist wütend auf ihn. Etwas ist schief gelaufen. Mehr ist nicht zu erkennen. Verschwommene Bilder und grelles Licht. Der eine steht auf und schlägt zu.

6

»Sie sind also jetzt wirklich Timothy Speed? Ich meine, nur weil nicht ganz klar ist, wer Sie im normalen Leben sind, oder ob Sie diese Rolle im normalen Leben spielen«, hatte der Journalist mich am Ende unserer Urlaubstage in Leipzig gefragt, wo wir einen längeren Halt machten.
»Er ist einfach so«, meinte Jane und verdrehte die Augen. Der Journalist nahm einen Bissen von seinem Butterbrot und nickte wissend mit dem Kopf, als habe er etwas sehr Eigenartiges durchblickt.

Ich schrieb auf eine große Tafel, wo alle es lesen konnten: »Tagebuch des Journalisten / Heute habe ich verstanden, dass in der Existenz dieser Menschen eine Sprache liegt, welche mit den Mächtigen unserer Welt einen Dialog führt. Ein unbewusster Dialog, in dem die Bausteine des Lebens selbst angesprochen, berührt und in Schwingung versetzt werden. Um sich zu erinnern, an eine Ordnung, die in Zukunft unsere Vorstellung von Gesellschaft grundlegend verändern wird. Dass diese durch den subjektiven, den intimen, den eigenständigen Menschen spricht. Der natürlich am Anfang nicht verstanden werden kann. Sobald die Selbstkontrolle aller Lebensbereiche beendet ist, wird die Wahrheit sichtbar.«

Schnitt. (Irritation zwingt das Gehirn neue Verknüpfungen herzustellen. Scheitert dies beim ersten Versuch, deutet es auf eine wesentlich komplexere Grundordnung hin, für dessen Geburt mehr Chaos und Vielfalt benötigt wird.)

Episode 3: Die Serie, die niemals funktionieren durfte

1

»In gewisser Weise sind Sie vom Image her wie ein Neonazi«, erklärte mir Rodenhirsch. Es war ein Samstag, in seinem noblen Büro in einem Hochhaus in der Berliner Friedrichstraße. Stahl und Glas. Beachtlich unbeachtet, funktional ist wohl das Wort. Ich betrachtete die Zimmerpflanzen, deren Blätter glänzten, als wären sie mit demselben Zeug behandelt worden wie der Parkettboden.

Natürlich war Rodenhirsch mehr als der Mann, der uns die Kohle für die Serie rausrücken sollte, als der Onkel von Helena und einer der reichsten Menschen der Welt.

»Er ist natürlich nicht nur das«, ergänzte Dr. Frank, als ich im Bus darüber sprach, wie man ihn sich vorstellen könnte. »Wichtig ist doch, dass sie verstehen, dass sie gemeint sind und dass völlig unklar ist, wer die Rodenhirschs eigentlich sind. Gleichzeitig ist es ganz logisch, dass die vorkommen, weil sie wichtig sind. Wichtig sind sie, weil sie Geld und Einfluss haben und unser Feind sind. Jedenfalls soll man das zunächst denken.«

»Sehr richtig«, ergänzte Jane.

Ich war davon wenig begeistert.

Die Kamera lief. Rodenhirsch fuhr mit seiner Erläuterung fort, während er sich an der Zimmerbar seines gediegenen Büros einen Drink machte und sich umsah, als fühlte er sich beobachtet.
»Was ist«, fragte ich.
»Nur ein Gefühl, eine Art Déjà-vu«, sagte er und blickte sich um. »Als sähe ich mir selbst zu.«
Er öffnete das Fenster, fuhr sich durchs Haar und meinte dann weiter: »Eine nicht in Frage kommende Option. Am Höhepunkt der Krise ist es politisch einfach unmöglich zu behaupten, der kreative Spaß brächte die Lösung. Oder die Dekonstruktion aller Rollen und Gegensätze. Genauso wenig wie der Nationalstaat, die individuelle Identität, die Familie und all die anderen Dinge aus denen der Mensch Kraft schöpft und die einen von der Bürokratie in Brüssel unabhängig machen. Aber ich kann Ihnen einen Job bei einer Werbeagentur besorgen«, bot er sofort an.
Ich stotterte verunsichert: »Ich kann, kann auf keinen Fall bei einer Werbeagentur arbeiten. Den Fake ertrage ich nicht. Rein körperlich. Auf keinen Fall.«
Er blickte irritiert.
Auf dem schweren Eichenschreibtisch in seinem Büro lagen geordnete Stifte. Ich nahm einen und ließ ihn ungeschickt auf den Boden fallen. Hastig hob ich ihn auf. Es war, als wäre ich ihm lästig. Lästig, weil ich an einem Samstag kam, wo er doch frei hatte, sich frei nahm von der Verantwortung. Jene Verantwortung gegenüber der Funktion und eben nicht gegenüber den Zusammenhängen und komplexen Beziehungen. Konnte ich mich denn nicht an die üblichen Arbeitstage halten?
»Sie verstehen nicht, Rodenhirsch. Wir sind nicht mehr nur Spaß, wie früher in der New Economy, sondern aus dem Abgrund zurückgekehrt, reifer, weiser und mutiger«, sagte ich euphorisch und legte den Stift auf den Tisch, wo er erneut Richtung Abgrund rollte: »Sie können den freien Willen nicht ignorieren. Dinge passieren einfach. Und wir sind jetzt ganz andere New Economy Menschen.«

Er schnaubte: »Ich sehe nicht, dass Sie sich in irgendeiner Weise verändert hätten. Sie machen ständig was Neues und wissen einfach nicht, was sie wollen!«

In diesem Moment blickte der dicke Chemiestudent irritiert hoch, weil wir ihn alle anstarrten.

»Ich bin nicht Rodenhirsch. Ich spiele ihn nur«, sagte er entrüstet und ich meinte väterlich zu ihm: »Aber wir wollen sehen, was passiert, weil du doch das Gefühl hast, dass du dich selbst beobachtest. Das Böse blickt sich selbst im Spiegel an.

Vielleicht wird dir was klar. Etwas, was sie sehen sollen, damit sie aufhören, die Menschen zu unterdrücken«, meinte die Hornbrille aufgeregt und ich sagte: »Ich meine, wir spielen denen was vor, damit sie darin etwas erkennen, weil es chaotisch ist und dicht an der Realität vorbei. Das macht im Gehirn neue Verbindungen und schwuppdiwupp werden sie menschlich, weil sie in der Evolution weiter springen. Vom Affen und Vollhorst zum differenzierten, mitfühlenden Menschen.«

Der Journalist hatte wieder etwas erkannt und unterbrach meine Schilderung: »Sie provozierten diese Leute. Vermutlich meinten Sie damit die Investoren, die Griechenland opfern und damit den Griechen in jedem von uns. Den freien, urdemokratischen Europäer. Sie wussten, dass die es nicht mit ansehen würden, wie sie auf diese Weise über sie reden. Weil Sie das Böse in der Serie ganz anders lebten. Eine Art Simulation eines neuen Umganges mit Tyrannen. Weil man sie nicht bekämpfte, nicht dämonisierte, sondern sie behandelte, als wären sie der nette Onkel von nebenan, was ziemlich revolutionär war«, sagte der Journalist interessierter als üblich: »Aber entsteht dadurch nicht ein anderes Böses? Ist das nicht ein Widerspruch das Böse zu bekämpfen, indem man das Böse salonfähig macht, zu etwas, was jeder jederzeit sein kann? Das führt doch alles, was Diktatoren und Personalchefs in Jahrzehnten an Standing erarbeitet haben, ad absurdum. Ebenfalls das, was unsere Helden, unsere Freiheitskämpfer getan haben. Die Menschen wollen das nicht.

Die Guten sind doch darauf angewiesen, dass das Böse das bleibt, was es ist.«
»Ich will es aber.«
»Was sind Sie nur für ein egoistisches Arschloch!«
»Auf dem Tisch liegen mehrere Bleistifte. Unterschiedliche Länge, vielleicht sind es keine Bleistifte. Ich bin mir nicht sicher, ob es Bleistifte sind. Lang und nicht alle sind spitz...«, begann ich im leeren Raum, den wir für die Szene aufgebaut haben, zu schildern und Rodenhirsch wurde verärgert:
»Hören Sie auf mit dem Quatsch! Sie können auf diese Weise keine neuen Bedürfnisse schaffen. Keinen neuen Markt. Es ist nicht meine Schuld, dass Sie kein Produkt haben. Sie sind draußen aus dem Film. Für immer.«
»Der Kuchen schmeckt gut«, sagte ich, lächelte und stopfte mir das Ding rein, was seinen Manieren widersprach. »Der Kuchen schmeckt wirklich gut, wissen Sie«, wiederholte ich. »Noch nie habe ich einen derart guten Kuchen probieren dürfen.«
Dabei zog ich hässliche Grimassen.
»Ich werde nicht zulassen, dass Sie auf diese Weise eine neue Welt abseits der Gewohnheiten erschaffen. Seien Sie jetzt still und hören Sie mir zu, oder ich werde Helena nicht retten können!«
Ich wurde traurig. Eine Mischung aus Traurigkeit und Neugier, eine kindliche Verspieltheit. Unpassend.
»Sie haben diese Aussetzer, nicht wahr«, fragte er lächelnd und der dicke Chemiestudent genoss sichtlich seine Rolle: »Das Gefühl, dass da etwas fehlt. Sie wissen doch noch, dass wir Helena opfern werden, wenn Sie nicht tun, was ich sage? Wenn Sie sich nicht an die Regeln halten.«
Im Off meine Gedanken; War ich deswegen gefühllos? War es am Ende doch nur Sex, was uns verband? Ich fickte sie gerne und da war was, aber ob es Liebe war. Woher sollte ich das wissen? Und durfte man sein Leben riskieren, für etwas, was nicht wahre Liebe ist? Außerdem war er ihr Onkel. Was hätte sie wohl gesagt, hätte ich ihren Onkel verprügelt. Eine lächerliche Vorstellung. Das muss einem mit Adolf Hitler ähnlich ergangen sein. Ein netter alter Mann. Wie viel Abstraktion musste man

sich erarbeiten, um diesen an einem sonnigen Tag am Obersalzberg einfach in die Fresse zu schießen?

Es stand ja auch niemand auf, um die Ungerechtigkeit der Welt zu beenden.

»*Ja, ja, Helena. Die Opferung. Schon klar, dass man da was tun sollte. - Was haben Sie nochmal gesagt?*« *Ich war unkonzentriert.*

Als ich meine Augen öffnete und noch immer am neben dem Bus Boden lag, reichte mir jemand eine Dose Red Bull. Ich richtete mich auf, versuchte mich zu erinnern, aber das meiste war verschwunden. Da war was, was ich wollte. Ich hatte es für einen Moment erkannt, es gesehen und dann war es wieder weg und man musste seinen Job machen. Die Zeit drängte. Klar würden wir gleich die nächste Szene drehen.

Manchmal fiel das Mikrofon von oben ins Bild, was aber niemanden recht aufregte. Rodenhirsch wies in der nächsten Szene, in der er von mir selbst gespielt wurde, darauf hin, dass es ihn irritiere, wenn dieses weiße Kabel vor seiner Nase von der Decke hing. Er habe das Gefühl, die Amerikaner seien wieder da. Wir wussten nicht, ob wir es einfach abschneiden könnten. Schließlich zwickte Jane es ab, mit einer Nagelschere, die sie in ihrer Handtasche trug.

»Wach auf, Speed«, schrie Jane plötzlich: »Etwas stimmt nicht. Schon klar, dass wir Rodenhirsch nicht böse sein sollen, damit er in uns nicht seinen Feind sieht, aber zu nett ist irgendwie auch nicht glaubwürdig, wegen Helena, meine ich«, sagte Jane am Ende der Szene und deutete, als wolle sie sich den Hals mit dem Finger durchschneiden und streckte seitlich die Zunge raus.

Die Anwendung von roher Gewalt war so lange nicht mehr angesagt gewesen. Jemandem einfach verkloppen. Es war nicht, dass man es wirklich tun wollte, nur diese Überzeugung es auf keinen Fall tun zu dürfen, stimmte auch nicht. Es machte einen nicht zu einem besseren Menschen Gewalt grundsätzlich abzulehnen, was in Deutschland zum guten Ton gehörte und somit überhaupt nicht in den Grenzbereich zu gelangen, in dem sich dann der echte Charakter erst herausbildet. Die unbewusste Ordnung in einer Gesellschaft in der nie jemand die Grenzen berührt. Wir hatten keine Zeit mehr.

»Ich weiß nicht, Jane, ich glaube nicht, dass wir ihm was antun sollten. Man muss das psychologisch sehen. Das mit der Weltherrschaft. Ein Kindheitstrauma. Ein Mangelgefühl. Ich kann ihn nicht einfach umlegen, wie Staufenberg es getan hätte. Das wird auf Facebook niemand liken, weil die überhaupt noch nicht verstanden haben, dass Rodenhirsch Rodenhirsch ist. Er ist wieder da. Unter einem neuen Namen und nichts wurde aufgearbeitet.«

Rodenhirsch, gespielt vom dicken Chemiestudenten, fuhr fort.
»*Kamera läuft!*«
»*Wenn Sie eines Tages wissen, ich meine wirklich wissen, was Sie wollen, Speed, wird niemand mehr da sein, der in der Lage ist Ihnen geistig zu folgen! Weil das natürliche Wollen einem Flow folgt, der sich von Moment zu Moment verändert und einer komplexeren Ordnung unterliegt, für die es keine Worte gibt. Sie ist derart gewaltig, dass man sie nur als die Schöpfung bezeichnen und dann vor Demut die Klappe halten kann. Sie werden nur für die Leute verständlich, wenn Sie das wollen, was alle wollen.*

Und wissen Sie, warum es den Leuten total seltsam vorkommt, was Sie hier versuchen? Weil niemand Helena klar sehen kann. Wo auch immer sie ist, wird alles verschwommen. Wegen der Verdrängung und den Schuldgefühlen. Hat man erstmal Schuld auf sich geladen, was man heute ja muss, weil man sich selbst abtötet, um überleben zu können, darf es die Wahrheit nicht geben. Sie darf keine Relevanz besitzen im Alltag. Wir nennen diese »anstrengend« oder »intellektuell«, weil wir uns nicht fragen wollen, woher dieses Unbehagen kommt.

Das, was Sie wirklich wollen. Es wird derart fremd klingen. Wenn Sie es nicht mit einer Fernsehserie vergleichen können, wird man Sie für irre halten.

Noch nie ist es einem Menschen, der nicht rasch vergessen wurde, gelungen, sich der Vermarktung, dem Leben in einer von außen definierten Wirklichkeit, welche ein jeder sofort verstehen und einordnen kann, zu entziehen.
Der Juppy ist ein Idiot. Weil die Mehrzahl Idioten sind, wollen immer mehr Idioten werden. Das gibt ihnen Sicherheit. Nur als Juppy kann ich etwas mit Ihnen anfangen.
Einem Produkt muss man bedingungslos vertrauen können. Ihnen vertraut niemand. Sie vertrauen sich ja selbst nicht! Solange Helena bei Ihnen ist, werden die Menschen wegschauen und sie werden sich denken, dass da was fehlt, dass da etwas eine Reibung erzeugt. Es ist falsch noch ehe es neu ist. Verlust, noch bevor es zu Gewinn wird. Dafür geben sie Ihnen die Schuld.«

2

»Irgendwie fände ich eine Party grad gut«, sagte Dr. Frank und wir anderen stimmten zu. Sich einfach mal locker machen und dem Flow folgen.

Wir waren unbeschwert, tranken, tanzten und jemand legte Musik auf. Von weitem sah man die Lichter, die den Bus wie ein Raumschiff erleuchteten und alle trugen individualistische Kostüme, die wir in der Serie nie trugen. Ich stand einfach nur da und starrte eine Wand an.
»Hey, Jane«, rief Dr. Frank. »Du bist wunderschön!«
»Du Schmeichler. Der Hut gefällt mir sehr«, kokettierte sie und Dr. Frank setzte sich diesen nun selbst auf. Der Journalist schrieb eine SMS an seine Geliebte.
»Sie müssen loslassen«, sagte ich im Vorbeigehen, auf dem Weg zum Buffet, zu ihm, während der dicke Chemiestudent mich mit seinem vollen Teller fast über den Haufen lief.
»Sehen Sie sich nur diese Menschen an! Wie glücklich sie sind.«
»Sie machen mir oft Angst«, sagte der Journalist kritisch und starrte mich energisch und vorwurfsvoll an. »Ich dachte, wir wären frei, aber jetzt weiß ich, dass wir es nicht sind. Die Antwort bleiben Sie schuldig. Es wird nicht reichen, dass Sie

es offen halten. Sie werden Position beziehen müssen. Auch gegen Rodenhirsch und dann sind Sie nur noch das andere politische Lager. Und das Spiel geht von vorne los. So wie immer. Sie werden nichts verändern, indem Sie sich entziehen.

Was ist mit Helena? Glauben sie nicht, dass Helena eher einen Mann liebte, der ihr etwas Konkretes gäbe. Etwas mit Zukunft und Perspektive.«

Das machte mich nachdenklich. Ich ließ ihn stehen und ging zu den anderen. Ich erinnerte mich. An die ersten Phasen der Reise.

»Warum willst du denn diese Serie drehen, Mann«, hatte der dicke Chemiestudent gefragt, als wir gerade Berlin hinter uns ließen. »Du willst doch bloß nichts Anständiges arbeiten«, sagte er und lachte: »Außerdem haben wir überhaupt keine Handlung. Und keinen Konflikt. Ich habe gelesen, dass man einen Konflikt braucht.«

Wir sahen einander fragend an. Was für einen Konflikt konnte es bei uns wohl geben? Da war doch was. Aber was? Konflikt, das war ungewohnt irgendwie, etwas, was man gar nicht mehr kannte, bei sich selbst. Uns ging es ja ganz OK.

Bereits vor einigen Jahren, als ich mal auf dem Weg zu einem Job war, hatte ich diese Szene vor Augen. Ich war spät dran und sah ständig auf die Uhr. Ungern kam ich zu spät. Gleichzeitig hatte ich diese Fantasien. Was passieren würde, wenn ich dieses oder jenes täte? Machte ich alles falsch. Ob ich dann nicht vielleicht am Ende das absolut Richtige täte. Weil es ja nichts gab, was nur falsch war. Ich dachte lange darüber nach und stellte fest, dass es tatsächlich nichts und niemanden gab, der nur falsch lag. Wenn das stimmte, konnte ich damit aufhören, zu versuchen das Richtige zu tun und sehen, was passierte. Ob ich 50% richtig und 50% falsch machen würde. Dann stellte ich fest, dass ich immer weniger sagen konnte, was richtig war und was falsch. Ich wurde individuell. Und gleichzeitig mehr als nur ich selbst. Vielfältiger und breiter. Ich wurde das ganze Leben. Hatte

Erfolg und scheiterte, bekam Kinder und lies mich scheiden, wurde geachtet und verfolgt.

Was da war, stimmte, obwohl es schmerzte. Und blieb ich dabei, konnte ich auf der Welle reiten. Mein Umfeld aber sah nur den Sturm, das Chaos und den drohenden Untergang.

Vermutlich hatte wieder jemand Helena erwähnt und nun waren sie völlig durcheinander.

Die Luft stand. Sie feierten. Rauchschwaden im Raum und das Glitzern eines Perlenvorhanges vor einer Retrolampe. Drogen im Spiel.

Ich fürchtete man könnte mir den Gedanken aus der Hand reißen, noch ehe ich darauf warten konnte, dass etwas anderes passierte als alle erwarteten. Darum sagte ich ihnen nie genau, was ich vorhatte oder was mich wirklich bewegte. Nicht mal Jane, was schwer für mich war. Die Klarheit wollte ich vor mir selbst verbergen, um länger leben zu können. Als ich selbst. Wir drehten die Szenen nie linear. Niemand sollte den roten Faden erkennen können. Sprunghaft wechselten wir zwischen den Zeiten und Orten.

»Da war mal was«, sagte ich ernst in die Runde. »Anfang der 90er. Bevor das Leben leichter wurde, nachdem Bill Clinton sich den Schwanz von Monika Lewinski lutschen ließ, weil klar werden musste, dass alle Männer so sind und das Arschloch der Normalfall ist. Plündert doch! Es ist OK! Idealisten sind Freaks und haben keinen Sex mit schönen Frauen.«

Ich sah runter auf das Skript in meinen Händen.

3

Der Mann in dem Büro, ich nenne ihn X, wird jetzt von einem anderen angebrüllt. Er steht auf. Es ist eine Art Erschütterung. Ich glaube, dass er dem anderen eine in die Fresse gehauen hat. Andere Menschen kommen hinzu. Silhouetten im Raum.

Der andere kommt jetzt vom Boden hoch.

X betrachtet seine Hände, als fühle sich etwas anders an. Es ist ganz plötzlich gekommen. Ein Reflex. Niemand kann erklären, weshalb. Die Menschen werden verrückt. Sie waren es schon.

4

Sie sahen mich erwartungsvoll an, weshalb ich mit der Geschichte aus meiner frühen Jugend fortfuhr.

Ich ließ meine Zuhörer nicht zu Wort kommen, wie ein Zirkusdirektor seine Artisten in den Bann zog, um sich ihres Gehorsams zu vergewissern.

»Ich beugte mich über das tote Mädchen, um an den Pupillen scharf zu stellen. Die Ärzte warteten ungeduldig. Ich suchte Erfahrungen, jenseits der alltäglichen Welt. Schon fast ein ganzes Jahr arbeitete ich damals, mit neunzehn Jahren, als Krankenhausfotograf. Operationen, Obduktionen, Geburten und obskure Krankheiten.

Die Neonröhren flackerten. Ich drückte mehrmals ab, wartete, bis der Blitz sich auflud. Ihre grünen Augen glänzten noch. Als wäre es gerade eben passiert. Ein Augenblick und fort war sie.

Ich solle mich beeilen. Man müsse weiter.

Als ich ganz nah an ihrem Gesicht stand, konnte ich diese Mischung aus kindlichem Duft und dem Geruch von süßlichem Moder einatmen. Mir wurde schwindelig.«

»Das ist krass«, unterbrach der dicke Chemiestudent.

Dabei bemerkte ich, dass ich die Sache bewusst dramatisiert hatte, was dem Ganzen aber jene tatsächliche Würde, jenes Grauen dieser Erfahrung nahm. Fast war ich von mir selbst enttäuscht deswegen. Dabei suchte ich nur Nähe.

»Es klingt wie eine Story«, sagte ich traurig zu Jane. »Und ich weiß überhaupt nicht, warum ich jetzt mit diesem toten Mädchen anfange. Als könnte ich dadurch Helena vergessen und einfach nur eine traurige Geschichte erzählen, die mein Leben nicht unerträglich macht.«

»Erzähl weiter«, unterstützte Dr. Frank.

»Sie hatten sich entschieden im Unterbewussten zu leben, 80% der Zeit«, erinnerte der Journalist als Stimme aus dem Off: »Weil der Einfluss des Unterbewussten angeblich 80% unserer Wirklichkeit ausmacht, aber im Alltag keinerlei Relevanz hat. In diesem Alltag, auf dem auch die Demokratie beruht, die Wirtschaft und der Markt.«

Ich hörte seine Worte nicht, schob sie aus meinem Bewusstsein, redete und redete über das tote Mädchen, dessen Namen ich nicht kannte, deren Schicksal mir unbekannt war. Nichts hätte ich an ihrem Tod ändern können.

»Nach dem fünften Bild bemerkte ich, dass meine Hand zitterte. Ich kann es nicht beschreiben. Es war eine Art Zusammenbruch. Ein letztes Mal blickte ich tief in den Tod hinein. Ich meine, in ihre Augen und es war mir, als wäre es der Tod. Das klingt jetzt dramatisch. Es hat mich verändert. Ihre glasigen Augen. Der milchige Schleier der Verwesung.«

»Was hast du in ihren Augen gesehen?«, fragte Dr. Frank neugierig.

Mir war klar, dass die anderen nun betroffen schienen und nicht merkten, dass es nur Anspannung war. Ich wollte nicht weiter darüber reden. Es kam mir falsch vor. Das traf es eher. Kann man die echte Emotion denn wirklich leben und ertragen? Jedenfalls tat mir fortan alles weh, was lügte.

Zuerst dachte ich nur, die Werbung lügt. Dann erkannte ich, dass überall was nicht stimmte. Dieser Punkt schreiender Stille, an dem es einem vorkommt, als sehe man zum ersten Mal, dass die Welt als Film aus dem Projektor kommt. Dass es eine andere Ebene, ja vielleicht viele andere Ebenen gibt.«

»Ob sie es mit angesehen haben«, fragte ich Jane leise flüsternd und meinte damit die Lüge. Meine Worte kamen mir vor wie ein Hindernislauf, in dem die Schlaglöcher echte Emotionen wären und die Sprünge Formen von Verdrängung.

»Und dann hast du deine Freunde verloren?«, fragte der dicke Chemiestudent in die Stille.

Dr. Frank blickte ernst und nachdenklich. Jane schien mir verziehen zu haben und nickte, als habe ich es gut gemacht.
»Seid ihr dabei, Leute?«, rief ich in die Nacht hinaus. Eine der vielen Abende, an denen wir zusammen diskutierten, im Nirgenwo, zwischen Berlin und der Ungewissheit.
»Wir werden Geld brauchen. Viel Geld«, entrüstete sich Dr. Frank.
»Macht euch deswegen keine Sorgen. Der Onkel von Helena, ihr wisst schon, die junge Frau, die manchmal da ist, hat reichlich Kohle. Den kann ich jederzeit anpumpen. Kameras, Licht. Das bekommen wir hin. Auch können wir eine EU-Förderung beantragen.

Aber diesmal machen wir es richtig. Wir erzählen, ohne zu erzählen. Es ist was es ist.«

5

Ein wenig später öffneten wir den luftdichten Behälter und Jane zog sich fette Gummihandschuhe an. Sie nahm Walter heraus, während sie gleichzeitig die Luft anhielt. Nach wenigen Schritten setzte sie ihn in dem Feld ab.
»Was hier schon«, fragte der dicke Chemiestudent.
»Ich kann nicht mehr«, stöhnte sie.
Wir stellten uns im Kreis um Walter auf.
»Walter. Du bist nun zu etwas ganz Besonderem geworden. Du hast eine individuelle Identität«, sprach ich betroffen.
»Walter, du bist jetzt ein Individuum unter den Wesen dieser Galaxie und nicht mehr ein Massenprodukt. Eigentlich wollten wir dich an dieser Stelle essen, um die ganze Essenz deiner besonderen Existenz in uns aufzunehmen«, führte der dicke Chemiestudent weiter aus. »Aber dafür sind wir zu schwach. Rein theoretisch aber hast du nun eine Seele entwickelt. Leider noch keine Sprache. Wir wollen dir nun einige Millionen Jahre Zeit geben, die auch uns gegeben wurden, um zu werden, wer wir heute sind. Um zu würdigen, dass wir alle mehr sind als

die Wiederholung eines Fertiggerichts in der Nahrungskette des Lebens. Walter, lebe wohl, und behalte uns in Erinnerung!«
»Skoll!«
»Prost!«
»Chapeau!«
Unsere Augen glänzten.

6

X sitzt in einer Kantine. Er hat seit fünf Minuten sein Essen nicht mehr angerührt. Auf Anfrage seiner besorgten Kollegen lehnt er jede Hilfe ab. Er scheint sich auf etwas zu konzentrieren und greift sich immer wieder an die Stirn, als habe er Kopfschmerzen.

7

Sehr geehrter Herr Speed.
    Hören Sie sofort damit auf, die Marke Red Bull auf diese Weise zu verunglimpfen! Wir behalten uns rechtliche Schritte vor.
Mit freundlichen Grüßen
Hildegard Meyer
PR Office Fuschl

Episode 4: Auf Abwegen ins Ziel

1

Für einen Moment war ich in Gedanken versunken und hatte mich an diesen Tag mit Rodenhirsch erinnert. Am Set schüttete ich Bleistifte auf dem Tisch aus und sah zu, wie sie in unterschiedliche Richtungen rollten.
»Es ist ein Wald. Vor lauter Wald sieht man die Bäume nicht«, rief ich und überlegte, ob Rodenhirsch nicht doch einen schwarzen Anzug trug.
»Sehr schön, Leute«, sagte einer vom Team und Jane zog das Rodenhirschkostüm wieder aus.
»Dass Rodenhirsch von einer Frau gespielt wird, ist wirklich raffiniert, Speed. Eben war er noch Mitglied der reichsten Familien der Welt, welche unser Denken manipulieren, und nun? Die Leute können ihn nicht zuordnen. Ist der Bart angeklebt oder nicht? Etwas stimmt nicht. Seit dem Internet ist Politik nur noch Verschwörungstheorie und niemandem ist mehr zu trauen. Darum muss nun alles verdächtig werden, damit man in der kreativen Selbsterfahrung die Entfremdung überwinden kann. Es existiert nur was man selbst erlebt. Das ist die humanste aller Forderungen.«

Eine Assistentin brachte mir einen Teller mit Muffins und etwas Kakao.

»Dass Sie hier im Grunde sogar leben, Sie alle in diesem Bus wohnen, seit Wochen bereits, täuscht aber doch nicht darüber hinweg, dass es ein Klischee ist, dass Rodenhirsch die Welt beherrscht. Dies löst sich auch nicht dadurch auf, dass alle hier immer mehr zu Ihnen werden, dass wir alle wie Sie sprechen, Speed, und Sie vielleicht selbst Rodenhirsch sind. Ein Gegenüber um sich selbst daran zu definieren. Am Ende ist auch das hier nur Theater. Auch wenn Sie es durch Ihren Alltag erweitern, in dem Sie hier staubsaugen und schlafen und essen. Niemand kann seiner Welt entfliehen. Am Ende müssen Sie alle arbeiten gehen, denn es kann doch niemand außerhalb dieser Welt existieren«, lamentierte der Journalist mit einem Kaffeebecher in der Hand und zum ersten Mal hatte ich den Eindruck, dass er es nur spielte.

Das Telefon klingelte. Meine Exfrau war dran:
»Kannst du am Wochenende die Kinder nehmen«, sagte sie leicht genervt und ich deutete dem Journalisten einen Moment zu warten.
»Kinder?«, fragte ich.

Ein paar Studenten trugen ein Stück der Greenbox vorbei und ich meinte: »Wir brauchen das nachher für die Einstellung mit den zwei 16jährigen Mädchen.«

Während ich das Telefon mit ausgestreckter Hand von mir richtete, hörte ich ihre Stimme sagen: »Es ist doch nichts Illegales? Du weißt doch, dass man das nicht darf ...«

Ich legte das Handy wieder ans Ohr und hörte noch die Frage: »Wann nimmst du wieder die Kinder? Dieses Projektdingens kannst du doch nebenher tun!«
» Aber Europa! Der Krieg! Das Unrecht!«
» Deine Kinder vermissen dich!«

Im Blick des Journalisten konnte ich deutlich sehen, dass er mich wieder nicht ernst nahm. Vermutlich dachte er, ich würde zu weit gehen. Nun litten sogar meine Kinder darunter. Ich legte auf und sagte lächelnd zu ihm, als wolle ich ihn weiter

an seine Grenzen treiben: »Coca Cola ist Faschismus. Facebook ist Faschismus. Solange Google nicht zugibt, ein Haufen von Faschisten zu sein, sind sie Faschisten. Unbewusst. Da gibt es kein Entkommen. Der ach so entwickelte Westen. Die moralische Hoheit. Alles Faschisten. Verstehen Sie jetzt, warum wir das tun?«, fragte ich und er ließ mich mit einem verächtlichen Blick stehen.
»Es dauert nicht mehr lange und die da draußen werden uns alle töten wollen und dann werden Sie schon sehen, dass hier Faschismus ist«, brüllte ich ihm hinterher und nahm einen kräftigen Schluck aus der Dose Red Bull.
Schnitt.
»Selbst heute noch bin ich versucht, dem auszuweichen, was Sie von Rodenhirsch halten sollen. Diesem Widerspruch. Ist er unser Manager oder ist er nicht unser Manager? Wer regiert eigentlich die Welt?«, fragte ich und mir war an diesem Punkt alles egal.

Wir saßen in einem italienisch wirkenden Innenhof auf verschnörkelten Stühlen aus gebogenem Eisen. Daneben ein offenes Holzfass mit Blumen darin.

Ein älterer Journalist einer Wochenzeitung meinte: »Es ist die schlechteste TV Serie aller Zeiten entstanden. Die Produktionsfirma hat sehr viel Geld verloren. Warum dieser Misserfolg?«
»Sie verstehen überhaupt nichts?«
»Das stimmt, die meisten Zuseher verstanden nicht, worum es ging.«
»In der synästhetischen Wissenschaft geben wir diesen Dingen mehr Zeit.«
»Ich dachte, Sie machen hier Fernsehen?«
»Warum denn nur Fernsehen, wenn es auch mehr sein kann?«
»Aber ist das nicht äußerst unprofessionell? Etwas für eine andere Sache zu benutzen, für die es überhaupt nicht gedacht ist. Außerdem ist das doch bestimmt nicht legal.«
Ich lehnte mich zurück und sah dem Treiben der Assistenten zu, was ziemlich arrogant rüberkam.

»*Sie sagen, dass die Serie politisch ist, obwohl Sie damit Werbung für Red Bull machen, wie die Kritiker bemängeln*«, sagte er wieder.
»*Wenn eine Welt völlig unklar ist, kann man darin nicht nur keine Menschen unterdrücken oder versklaven. Man kann einem auch nichts verkaufen.*«
Zynisch ergänzte ich: »*Die ganze schöne Wirtschaft zerfällt und sicher finden Sie das unproduktiv. Aber ich brauche keine Wirtschaft, wenn ich darin nicht überleben kann. Das ist irgendwie disqualifizierend für Ihre schöne, ach so erfolgreiche Wirtschaft. Meinen Sie nicht?*«
Der alte Presseschreiber machte es sich leicht und sagte abfällig: »*Aber das ist doch keine Lösung. Ihre Erkenntnis einer neuen Ordnung ist so unkonkret. Am Ende steht man damit nur allein da. Die Menschen wollen sexy sein. Glauben Sie wirklich, die EU wird Ihre Ordnung übernehmen und Griechenland nicht vernichten, also das Griechenland in jedem von uns?*«
»*Es gibt keine Lösung. Bis auf die Endlösung. Die gibt es immer. Umso größer die Krise umso größer die Endlösung.*«
Er sah mich irritiert und erschrocken an, während ich meinen inneren Dämonen im Geist der Bewusstwerdung freien Lauf ließ:
»*Die einzige Hoffnung ist die Krise in der Krise in der Krise. Nur muss der Selbsthass aufhören und der Liebe weichen. Verstehen Sie den Unterschied? Wenn wir erstmal alle erkennen, dass wir Versager sind, hören wir einander vielleicht zu.*"«
»Das war großartig, Speed. Und mein lieber Herr Mayer. Wie Sie als Journalist den Journalisten gespielt haben. Kompliment«, meinte die Mutter von Dr. Frank, die gelegentlich mit am Set war oder den Bus sauber machte.
»Es ist wirklich anders, wenn man sich selbst spielt«, meinte er. »Also man versteht, dass man sich selbst spielt und wenn man sich dann selbst spielt, spielt man sich selbst weniger.«
Was da ist, passt immer, dachte ich. Das Management mochte es nicht, wenn ich das sagte: »Was da ist, passt immer! Was soll das heißen? Etwa, dass es passt, wenn ich in der Früh

nicht aufstehe oder wenn ich meine Rechnungen nicht bezahle?«, raunzte mich der Produktionsleiter an. Wir wurden einfach nicht besser. Es ging nicht darum besser zu werden.

Liebe Sandra Bullock,

Ich habe gelesen, dass Sie gut Deutsch sprechen, weil Sie die Tochter einer deutschen Opernsängerin sind. Wie Speed verbrachten Sie ihre ersten Lebensjahre in einem fremden Land. In Nürnberg gingen Sie auf die Waldorfschule. Stellen Sie sich vor! Heute haben wir mit dem Bus dort gehalten und Speed hat sich mit Ihrem früheren Lehrer unterhalten. Das war mir fast unangenehm, irgendwie.

Jedenfalls ist es mir noch immer wichtig, dass Sie das, was wir hier tun, OK finden und vielleicht könnten Sie bei der nächsten Oskar-Verleihung gegenüber der deutschen Presse kurz erwähnen, dass Sie unsere Sache schätzen. Wir versuchen die Menschen in Germany aufzuwecken. Damit sie zu ihren wahren Gefühlen finden und eine authentische Regung zeigen. Uns helfen, den Kapitalismus und den Faschismus zu beenden, den es eigentlich nicht gibt, was aber nicht so wichtig ist. Wenn Sie, Frau Bullock, uns Deutschen nur vor der Kamera sagen könnten, dass wir OK sind, könnten wir die Kraft aufbringen, über das Unrecht in der Welt wütend zu werden. Nicht immer derart effizient und technokratisch zu sein, sondern liebevoll und auch mal die Selbstkontrolle loszulassen. Diese Verkrampfung, die uns für das Grauen in der Welt blind macht, weil wir immer nur das tun wollen, was auf eine spießige Art richtig ist.

Mit lieben Grüßen,
der dicke Chemiestudent.

2

Ich habe lange mit dem Dicken darüber diskutiert, weshalb er mir das nicht ins Gesicht sagen konnte. Es war mir unangenehm, dass er diese Intimität mit der Bullock hatte. Ich meine, wir fuhren die ganze Zeit gemeinsam in diesem Bus, schwitzten und schliefen in denselben Räumen, aßen von den selben Tellern.

Spielte man den ganzen Tag verschiedene Rollen, kam es einem am Abend vor, als wüsste man nicht mehr, wie wir zueinander standen. Da wurde mir klar, dass es um Beziehung ging. Alles ging um Beziehung. Die Beziehung zu Red Bull und deren Beziehung zu uns. Helena, Jane und Dr. Frank. Ich sehnte mich nach Sicherheit und verspürte diese Angst, dass wir auseinanderbrechen und die Reise nicht durchhalten würden. Professionalität bedeutete uns nichts und Kohle gab es auch nicht. Warum nur kamen wir nicht voneinander los?

»Wenn Sie bei uns anfangen wollen, müssen wir uns davon überzeugen, dass Sie tatsächlich Sie sind, sprich zumindest Sie selbst werden wollen, breiter, unberechenbarer«, sagte ich zu der Kleinen: »Haben Sie den Elektroschocker, Dr. Frank?«

Wir führten die neue Praktikantin in einen dunklen Wald nicht weit von der Autobahn und banden sie an einen Baum fest. Da gab es Menschen, denen wir sagten, dass wir eine Serie drehen und die wollten gleich mitmachen. Natürlich waren sie sich ihrer eigenen Motive nicht klar. Wir ja auch nicht. Es ist uns passiert. Nicht dass wir unsensibel waren. Das Böse muss man ausprobieren, um es erkennen zu können.

»Elektroschocker. Das klingt so militärisch, so nach Polizeistaat«, meinte Christine, mit der ich bis zu diesem Moment noch nie ein Gespräch geführt hatte: »Das gefällt mir nicht und warum kommt das jetzt plötzlich in der Serie? Das hat doch mit uns nun wirklich nichts zu tun.«

Das machte vermutlich der Wald, der nicht aussah wie ein deutscher Wald, sondern wie ein Dschungel. Fast war es ein Sumpf.

»Aber ich bin doch ich«, meinte die Praktikantin verunsichert. Dr. Frank berührte sie mit dem Schocker an der Schulter. Wir alle zuckten zusammen.

»Aua. Das hat wehgetan«, schrie sie und doch erschien es überraschend unspektakulär.

»Was sind Ihre Lebensziele?«, fragte ich energisch.

Sie überlegte einen Moment.

»Ich möchte gerne Geschichte studieren ... Ahhhh ...«

Wir blickten böse. Finster.

»Blödsinn! Was wollen Sie wirklich?«, fragte ich nochmal.

»Das kommt jetzt etwas zu viel wie Jack Bauer in der Serie 24, Speed«, unterbrach Jane, während sie sich Mücken von der Schulter wedelte, mir eine Flasche Club Mate und ein Überraschungsei reichte.

»Ich finde die Griechen spannend, weil die einfach ihr Ding durchgezogen haben. Bitte nicht schlagen«, fuhr die Praktikantin fort.

»Ja, ja die Griechen also. Meine Freundin, die Helena, ist eine Griechin«, sagte ich und ging skeptisch um sie rum: »Die Griechen kriechen. Nur wohin kriechen die Griechen?«

»Die Griechen sind ein stolzes Volk«, warf sie hastig ein.

»Niemand braucht heute noch einen Griechen. Das ist nicht richtig, dass sie sich opfern sollen, wegen dem Euro.«

Es war klar, dass uns das nicht genügte.

»Dr. Frank, vielleicht sollten Sie das Verhör wegen des Einwandes von Jane zu Ende führen.«

Ich war verunsichert. Warum sprach sie jetzt von den Griechen? Steckte Rodenhirsch dahinter?

Der schwule Psychiater, der wie Steven Seagal aussehen konnte, aber nicht tat und ziemlich groß war, sprach mit dieser homoerotisch näselnden Stimme: »Sag mir sofort, warum du Geschichte studieren willst, Mädchen!«

»Ich habe mal einen Mann gesehen, in einer Rüstung, der eine Frau beschützte«, antwortete sie und versuchte die Sache ernst zu nehmen, aber sie war einfach eine beschissene Schauspielerin. Es klang, als würde sie es aus einem Roman vorlesen. Noch immer fiel es uns schwer authentisch böse zu sein.

Natürlich war das übertrieben, aber irgendwie musste man ja die Kontrolle loslassen und eine Beziehung mit der Welt werden, statt davon getrennt in einer Rolle ohne jeden Schmerzpunkt zu vegetieren. Beziehung ging doch so, dachte ich. Dass man einander ganz nah war, sich wehtat und da gemeinsam durchging.
Schnitt.

Jemand hatte vergessen die Kamera einzuschalten, weshalb ich total auszuckte. Wir alle fühlten uns betrogen.
»Was hat sie denn zuletzt gesagt«, fragte Christine den Kameramann nervös.
»Dass es darum geht, etwas zu beschützen.«

Deswegen waren die meisten nun ziemlich enttäuscht. Weil es uns nicht gelungen war, etwas Wesentliches festzuhalten. Trotz des Krieges.

Vermutlich war es Christine vom ORF unangenehm, die Sache mitzuschneiden. Die kleine Blondine arbeitete seit sieben Jahren beim Staatsfernsehen und da wusste man genau, was ging und was nicht. Es gab Dinge, die man einfach nicht tun durfte, worüber aber niemand laut sprach. Das mit dem Foltern, was uns egal war, weil es uns sonst zu nah gegangen wäre. Also probierten wir es einfach aus. Alles musste bis ins letzte Detail nachkonstruiert werden, damit wir wussten, dass wir nichts wussten. Nicht über Europa, nicht über die Welt. Scheiß auf die Medien! Wir waren jetzt die Medien.

Christine lief aufgeregt im Wald auf und ab, während wir anderen darüber stritten, ob etwas, was man tatsächlich wiederholen müsse, dann noch echt sei, weil man es ja nachspiele. Wobei Dr. Frank einwarf, dass es dann möglicherweise auf eine andere Art »echt« wäre, weil das »Echte« von vorhin, zeitversetzt nur wenig authentisch rüberkommen konnte. Alles andere würde ja voraussetzen, dass die Welt sich nicht weiterentwickelt, sondern stagniert.

»In jedem Fall geht es um eine Jungfrau, die geopfert werden soll«, kommentierte die Hornbrille.
»Helena?«, fragte der dicke Chemiestudent.
»Nein, doch nicht Helena«, wiegelte ich ab: »Die Praktikantin. Es geht um die Praktikantin. Ich finde, dass sie einen griechischen Akzent haben sollte. Warum arbeite ich nicht mit Profis?«
»Das ist alles verboten«, unterbrach Christine verängstigt. »Wir kommen in Teufels Küche, wenn wir unseren Emotionen freien Lauf lassen. Jemand muss die Kontrolle übernehmen und uns sagen, was wir machen sollen. Ich kann das sonst nicht. Das ist alles total verboten.«

Etwas später nahm der Journalist mich zur Seite und wollte mich dazu bringen, über Helena zu reden.

»Es ist noch zu früh. Sie können es noch nicht verstehen. Ich kann nur sagen, dass sie geopfert werden soll und dass ich es nur verhindern kann, in dem ich die Leute daran gewöhne, dass das Grauen wieder in der Welt ist und sie beginnen, authentisches Mitgefühl zu entwickeln. Heute aber können sie sich noch nicht vorstellen, dass eine junge Frau von ihrer eigenen Familie ermordet wird. Geopfert in einem Ritual, weil es Tradition ist und die Eliten das dauernd tun. – Wenn du die richtige Krawatte trägst, das richtige Auto fährst, in der richtigen Siedlung lebst und nichts Befremdendes mehr mitbekommst, verlieren die Sinne ihre Aufgabe, werden schwach und abgestumpft. Am Ende können sie alles mit uns machen.«
»Sie lieben Helena! Sollten Sie es ihr nicht sagen? Weiß sie denn, dass ihr Schicksal Sie derart quält?«
»Sie redet nicht darüber. Sie hat es akzeptiert. Weil sie dafür geliebt und anerkannt wird. Sie hält es für Liebe.«

Wir alle zuckten innerlich zusammen als plötzlich ein Geschwader von Militärhubschraubern über dem Wald hinweg flog.
»Es gibt wieder Kämpfe. Nicht weit von hier«, meinte einer der Assistenten.

»Ich finde das irritierend. Abstoßend«, meinte Christine und hatte die Hubschrauber verdrängt, sorgte sich vielmehr um ihre Karriere beim ORF: »Außerdem dürfen Sie das doch überhaupt nicht und warum jetzt in der Serie? Sie sind doch Kreativer, dachte ich. Man kann doch nicht zuerst nett sein und dann plötzlich jemanden foltern. Das macht die Zuseher irre. Sie zerstören den Sympathieträger. Wer sind Sie wirklich?«

Ein weiterer Hubschrauber überflog den Wald, gefolgt von Explosionen.

»Sind die von uns?«, fragte einer der Techniker verwirrt.

Im Hintergrund eine Explosion.

»Was ist?«, brüllte ich den Assistenten an, der ganz bleich war und abhauen wollte. Ich reichte Christine den Elektroschocker.

»Hier, probier doch mal!«

Sie zögerte.

»Tu das bloß nicht«, warnte der Kameramann.

Sie setzte an, drückte ab und knallte rückwärts auf den Boden. Dort zuckte sie einen Moment. Es sah ziemlich albern aus wie sie zuckte. Wie eine Schildkröte, die auf dem Rücken lag. Es hatte auch einen erotischen Moment.

»Fuck«, stöhnte sie. »Ihr seid alle wahnsinnig! Ist das geil! Gleich nochmal!«

Als der dicke Chemiestudent hinknallte, mussten wir alle lachen. Dr. Frank drehte die Voltzahl hoch, weil er sich nicht sicher war, ob das wegen des Fettes stark genug war.

Jane sah mich wieder mit Verachtung an. Sie glaubte nicht, dass wir auf diesem Weg unsere wahren Gefühle entdecken würden. Durch Folter und noch mehr Leid. Durch die dekadente Inszenierung des Grauens.

Dann schien der dicke Chemiestudent sich nicht mehr zu bewegen. Dr. Frank begann ihn zu beatmen. Plötzlich war er wieder da und wir alle lachten.

»Ist doch nichts passiert«, sagte ich schmunzelnd und jeder von uns fühlte diese Lust zu töten. Irgendwie war es geil, weil die Grenzen sich auflösten. Der moralische Impetus, der einen

lähmen konnte. Immer das Richtige tun zu wollen, lässt neue Erfahrungen nicht zu, die das Bewusstsein erweitern.
»*Wir sind auch Monster. Endlich können wir es aussprechen*«*, sagte ich und deutete in den Himmel, der nun ganz ruhig war.*

Später im Bus lehnte sich der junge Journalist entspannt zurück und provozierte: »Wollen Sie hier einen neuen Europäer, einen neuen Menschen vorleben, der die Katastrophe des Faschismus am Sonntagnachmittag auslebt? Bis es einem vorkommt, als wäre das Funktionieren eine Qual, die es nicht Wert ist. Weil das, wovor wir Angst haben, dass das Böse übernimmt und die Anarchie, spielt man es, wählt man es bewusst, nur ein Spiel mit der Existenz ist, welches man unendlich widerholen kann, bis es einem keine Angst mehr macht? Vielleicht übersehen Sie dabei, dass wir abstumpfen könnten? Damit wäre das Gegenteil erreicht und Helena wieder verloren.«

Das machte mich betroffen. Vielleicht hatte er Recht. Musste ich ewig Unsicherheit und Zweifel leben, um menschlich zu bleiben? Er sagte dazu nur: »Noch immer verstehe ich nicht, warum Sie keine Lösung anbieten. Wann erreichen wir Red Bull? Es macht logisch überhaupt keinen Sinn, weil Sie ja nichts Konkretes tun. Es scheint mir, Sie wollen damit sagen, dass es die Zivilisation ist, die den Krieg provoziert und es darum logisch ist, dass die Dekonstruktion der Welt zur Nähe führt und zum wahren Humanismus. Das aber macht mir Angst. Es macht uns Allen Angst, weil darin keine Sicherheit ist. Die eigentliche Welt, die vom Krieg zerstört wird, ist doch die Innere.«

Eine Weile trugen wir alle schwarze Overalls. Zunehmend näherten wir uns einander an. Sprachlich, optisch und im Denken. Das vermittelte ein Gefühl der Geborgenheit.

3

In dem Büro steht jetzt ein Mann vor dem Schreibtisch und scheint auf X, den wir nicht direkt sehen können, wütend zu sein. Er legt ihm einen Ordner auf den Tisch. Als der Mann fort ist, wählt X eine Nummer und starrt auf die Tasten. Starkes Atmen ist zu hören. Undeutliche Worte: »A ant i da ic verückt werde.«

4

X beobachtet, wie die Kollegen im Büro alle zum Fenster laufen und hinunter sehen. Er bleibt abwartend sitzen.
    Ein Megafon ist zu hören. Die anderen rennen zur Treppe. Jetzt sitzt er allein da. Er steht auf, streckt sich. Auf der Toilette pinkelt er mehrere Sekunden lang in Kreisbewegungen. Er wäscht sich die Hände und schüttelt sie trocken als er feststellt, dass zum Abtrocknen kein Papier mehr da ist. Er stöhnt auf. Noch immer ist niemand zurückgekehrt.
    Am Schreibtisch angekommen, holt er eine Zeitung aus der Schublade. Auf der Titelseite steht: »Obama hat der CIA erlaubt den ganzen Planeten zu überwachen.«
    Er blättert sofort um. Ein Artikel über das Abschalten des Staatsfernsehens in Griechenland.
    Den Kopf schüttelnd blättert er weiter bis zum Sportteil. Mit Blick auf die Ergebnisse wirft er die Zeitung in den Papierkorb, legt beide Hände parallel auf den Tisch vor sich und starrt in Richtung Fenster. Eine Fliege irritiert ihn.
    Am Tisch nebenan steht ein Teller mit Keksen. Er nimmt einen mit Schokolade und kaut langsam. Dabei blickt er wieder zum Fenster. Sein Atem wird ruhiger, dann plötzlich ist er erneut irritiert. Seine Augen rollen nach oben, als blickte er in sein Gehirn hinein. Einige Minuten vergehen, während er äußerlich zitternd in seinen Schädel starrt. Mit einem Stift schreibt er mit Großbuchstaben das Wort »VERDÄCHTIG« auf ein Blatt Papier. Dann die Worte: »VERSCHWIEGEN, JOB und SITUATION.«

Später fragt ihn ein Kollege an der Kaffeemaschine: »*Hat du di Serie irren des Weltdesigners esehen? Das vorhin, war wie i de erie! Voll krass!*«
Er erschrickt, lässt es sich aber nicht anmerken.
»*Wa ältst du davon*«, *wird er gefragt.*
X blickt stumpf: »*Kenn ich nicht.*«
  Der andere schaut auf den Boden und wippt nervös mit den Füssen.
»*I geh dann mal ieder.*«
Nach einer Minute kommt er zurück.
»*Die Abteilung i weg*«, *sagt er überrascht.*
Beide verschwinden.

Am Nachmittag stehen fünfzig Personen wie aufgestellt in der vierten Etage. Sie bewegen sich nicht und jeder verhält sich zum anderen in einer mathematischen Beziehung, einer Art musikalischer Ordnung. Diese drückt sich in Abständen und Gesichtsausdrücken aus. Es sind Entsprechungen von realen Spannungen, Erwartungen und Missverständnissen, die sie im Alltag bewegen.

Niemand kann sagen, warum es passiert. Später wird keiner sich daran erinnern, als wäre es nur im Bruchteil einer Sekunde passiert. Es bleibt nur ein unbewusster Verdacht, dass sich durch uns hindurch eine andere Ordnung abzeichnet. Während die alte Welt mit ihrer Sprache zerfällt.

5

Helena und ich redeten nicht sehr viel miteinander. Wir brauchten das nicht. Wir umarmten uns dafür öfter. Es lässt sich nonverbal vermitteln, dass man jemanden liebt. Wir stritten auch nie. Jane meinte dazu, wir wären konfliktscheu. Auf ihre Familie angesprochen, wich sie aus. Es schien ihr nichts zu bedeuten, wie sehr es mich auch beschäftigte. Ich mache daraus eine zu große Sache und müsse deswegen keine neue Tyrannei in der Welt einführen.

»Doch«, erwiderte ich. Weil es sonst nicht real ist. Nicht auf Augenhöhe. Ich täte es aus Liebe.

Als ich sie in den Arm nahm, meinte sie emotionslos, dass es schon OK sei, dass sie geopfert werde. Es sei ihre Aufgabe. Sie warf mir vor, ich wolle sie nur ändern, da meine Gefühle für sie nicht echt seien. Ich etwas in ihr sähe und mich darin verknallt hätte. In eine fixe Vorstellung. Es wär Zeit etwas zu unternehmen, etwas Konkretes, dachte ich jetzt. Die Faust zu ballen. Aggression. Macht. Klarheit. Ignoranz.

»Sagen Sie es doch, dass es um Helena geht und nicht um die Welt. Darum ist es doch klar, dass Red Bull damit nichts zu tun haben will. Es ist doch Ihre Privatsache. Mit welchem Recht wollen Sie ein Unternehmen vernichten, welches hunderten Menschen einen Arbeitsplatz gibt? Weil Sie Ihrer Freundin nicht sagen können, dass Sie sie lieben und Angst um sie haben«, unterbrach mich der Journalist auf dem Rastplatz in den Tiroler Bergen. Im Hintergrund zogen dunkle Wolken auf.

»Unternehmen wollen immer nur den schnellen Fick. Die einfache Lösung. Sie wollen dich nur als Funktion, als Rolle in der du ihnen dienst. Und weil sie glauben, dass sie alles leisten, was uns am Leben erhält, nehmen sie sich das Recht heraus, keine weiteren Beziehungen, keine anderen Zusammenhänge zuzulassen.

Die Hure aber ist in mir erwacht und hat einen komplizierten Menschen geboren und ich nehme mir das Recht als komplexes Lebewesen, radikale Beziehungsfähigkeit zu leben. Auch wenn ich es nicht kann, nie gelernt habe, nicht weiß, wie das geht.

Red Bull und ich haben eine Beziehung, und Helena und ich haben eine Beziehung. Warum darf ein Unternehmen sich der Verantwortung für diese Beziehung verweigern und mich wie Dreck behandeln, während mir jeder zu Recht vorwerfen würde, ich sei ein Monster, behandelte ich Helena auf diese Weise und sagte, dass das, was sie empfindet, sei es nun Leid,

Schmerz oder Glück, nicht relevant sei. Es hat mit mir zu tun und mit ihnen.«
»Aber Red Bull ist mit Ihnen nie diese Beziehung eingegangen. Sie haben sich denen aufgedrängt.«
»Nein, denn wo ich auch hingehe, ist Red Bull. In jedem Supermarkt, im Fernsehen, überall auf der Welt. Wir leben zusammen und wenn ich die radikale Beziehungsfähigkeit nicht lebe, gehe ich vor die Hunde, als lebte ich mit einem Psychopathen, einem Choleriker und Narzissten zusammen, der mich ficken will, aber sich jeder Verantwortung für das, was es mir mit macht, entzieht. Der rote Stier ist ein Symbol, ein Rollenbild. Sie haben nicht das Recht einseitig festzulegen, wie unsere Beziehung aussieht. Dies kann nur in einem offenen Prozess auf Augenhöhe passieren«, sagte ich fordernd, verzweifelt, wütend und legte fast schreiend nach: »Wenn ich mich entschließe, keine Beziehung mehr mit Red Bull haben zu wollen, dann penetrieren sie mich weiter und weiter und weiter. Sie ziehen sich nicht aus der Welt derer zurück, die nichts mehr mit ihnen zu tun haben wollen.«
»Warum kümmern Sie sich nicht einfach um Helena? Um die Menschen, die Sie wirklich lieben?«
»Weil wir uns die Beziehungen nicht aussuchen können. Sie sind einfach da. Wo die Liebe hinfällt. Ich liebe die Helena, die auch ich bin. Wenn ich achtsam werde, dann gegenüber allem und jedem. Lasse ich zu, dass Red Bull sich verweigert, verhandle ich das Leid von Helena nur auf der Ebene des Privaten. Heute aber ist nichts mehr nur privat. Die Zeit der Spaltung ist vorbei.«
»Sie sind Helena?«, fragte er irritiert.
»An einem Donnerstag bin ich Helena. An einem Mittwoch Dr. Frank. Am Wochenende sind alle Speed. Was für ein Entwicklungspotenzial, nicht wahr? Manchmal denke ich, dass wir nur in der Beziehung wirklich existieren. Voneinander getrennt sind wir nicht wahr.«
»Sie springen zwischen den Themen. Ich kann Ihnen nicht folgen.«

»Ich lebe. Es tut mir weh, wenn Sie mich ablehnen, weil ich Ihrer Vorstellung nicht entspreche. Aber soll ich deswegen werden wie Sie mich sehen wollen? Wäre das nicht ein Verlust für die Welt?«
»Aber Sie sagten doch gerade, dass Sie werden wollen wie ich.«
»In Momenten. Ich sage Ihnen nicht, wie Sie sind. Ich verleihe Ihnen keinen Berufstitel, keinen Ausbildungsgrad, keine Nationalität. Es gibt Sie als Jane und als Dr. Frank und den dicken Chemiestudenten. Das mag Ihren Verstand verwirren. Ich habe keinen Begriff für das, was wir tun und keine feste Theorie. Seit Tagen habe ich das Gefühl, dass wir fallen. Sie wollen mir einen Job anbieten. Sie wollen mich ficken. Es interessiert Sie nicht, wer wir jetzt wirklich sind. In dieser Situation.«
»Sie nennen es Wirtschaft. Sie nennen es Gesellschaft. Das verstehe ich nicht. Dabei wollen Sie doch nur Helena retten.«
»Wir täten ihr Unrecht, sprächen wir als »nur Helena« von ihr.«

In der Nacht träumte ich, dass Red Bull in Form eines Stieres zu mir kam. Helena begleitete das Tier. Sie war die mythische Gestalt Europa, die auf dem Stier ritt. Für einen Moment war es die Kraft, die uns fehlte, um zu uns zu stehen. Ich eignete mir das Symbol an. Ich wurde zur Wirtschaft, zum Stier der Börsen, der alles regeln kann. Dietrich Mateschitz, der Eigentümer von Red Bull wollte uns den Stier im Traum ständig wegnehmen. Er sagte, es sei sein Unternehmen.
»Aber es ist ein Stier. Die Kraft, von der Helena und ich leben. Sie dürfen uns das Tier nicht nehmen«, flehte ich und überall um den Stier loderten rote Flammen.
»Welches Tier meinen Sie? Geben Sie mir sofort meine Firma zurück«, brüllte er und sogleich kamen weitere starke Männer in dunklen Anzügen.
»Sehen Sie denn nicht, was Sie unserer Liebe nehmen«, rief ich und hielt den Stier am Schwanz fest.
»Welche Liebe? Sie haben mein Unternehmen gestohlen.«

Episode 5: Ein Red Bull für alle Fälle.

1

»Nicht gleich am Anfang alles verraten, Speed«, schrie Jane von der hinteren Reihe. Man muss doch Dramaturgie aufbauen!«
Stille. Alle spürten, dass ich kurz vor dem Explodieren war.
»Das ist es doch! Scheißdreck«, brüllte ich. Rumbrüllen war total unprofessionell.
»Eine konstante Lebendigkeit aufrecht zu halten, ist die eigentliche Kunst. Der Höhepunkt ist immer jetzt!«
Die anderen wandten sich ab, als hätten sie es nicht gesehen.
Ein Moment der Betroffenheit.
»War das gut so, ich meine, in Ordnung?«, fragte ich Christine höflich und nett. Sie lächelte, war sich aber nicht sicher, ob sie sich sicher fühlen konnte.
»Ich hab mir das folgendermaßen gedacht. Vielleicht können wir das nochmal proben – Ich ging also hinein und sagte: »Moment! Vielleicht muss ich vorher erklären, dass wir ein politisches Ziel hatten und es nur in allerletzter Konsequenz tun wollten. Sonst denkt man glatt, wir hätten es wirklich tun wollen. Wir müssen die Zuschauer ja dort abholen, wo sie sind. Und der Stress. Nicht, dass die den Stress nicht vertragen.«

Einfach mal die eigene Haltung um 180 Grad drehen und sich selbst widersprechen. Vielleicht würden sie dadurch aufmerksam. Vielleicht meinten wir es ja doch ernst? Helena oder Red Bull. Wie würde Rodenhirsch reagieren? Konnten wir ihn damit erpressen? Wäre es Erpressung, dass wir unsere Verbundenheit mit ihm plötzlich zum Ausdruck bringen?

»*Es könnte jemand vor Aufregung ein Blackout bekommen*«, ergänzte der dicke Chemiestudent besorgt. *So viele Details, die zu beachten waren.*

»Können wir das bitte nochmal drehen«, sagte die Christine zu ihrem Kameramann Rocko. Er nickte und Jane brüllte:

»*Das ist es, was ich meine, Speed! Du klingst nicht entschlossen genug. Das denken Sie doch auch, Christine, wa? Nur Entschlossenheit bringt Ergebnisse! Als wäre es nur gespielt. Eine Lüge.*«

»*Eine Lüge*«, entgegnete ich. »*Was denn für eine Lüge? Was soll das bedeuten, es wäre nur gespielt? Es geht um ein Menschenleben.*«

Ich setzte nochmal mit etwas mehr Tiefe in der Stimme nach, wie ich es im Kameratraining gelernt hatte. Rocko wanderte mit der Kamera zwischen uns umher, wie auf einem verdammten Musikvideo für Gangsterrapper:

»*Wir hatten die Schnauze voll von der Dienstleistung. Bestimmt glauben Sie, dass wir eine Gruppe von Verschwörungstheoretikern sind, weil wir denken, dass etwas mit der Welt nicht stimmt. Jedenfalls kann man in einem Unternehmen nichts verändern, wenn man darauf wartet, dass sie einem dafür den Auftrag erteilen.*«

»*Niemand will die Verantwortung für etwas übernehmen, was man nicht im Vorhinein bereits festmachen kann*«, ergänzte Dr. Frank.

»*Genau, verdammt. Niemand hat den Arsch in der Hose, zu tun, was getan werden muss. Also bin ich vor einem Monat mit Jane in die Weltzentrale von Red Bull gefahren und habe gesagt: Mein Name ist Timothy Speed. Ich heiße wirklich so. Also in Echt jetzt! Ich werde die Weltpresse einladen und dann, dort draußen, in*

ihrem japanisch gestalteten Vorgarten – Also ich werde dort! Das meine ich mit vollem Ernst! Ich werde einen Stier töten.«
Wieder sahen mich alle erwartungsvoll an.
»Weil doch alle wissen, dass Red Bull die Menschen wach macht, also wachhalten und Flügel verleihen soll. Wegen der Wirtschaftskrise. Das ist doch logisch. Der Stier ist das Symbol der Börse, das goldene Kalb, der Moloch. Es ist komplex. Es bedeutet Wachstum. Inneres jedenfalls.«
Scheiße, dachte ich. Das klang jetzt wieder zu intellektuell, oder? Wie gedacht, aber nicht gelebt.
»Du hast das natürlich viel zu nett gesagt und die ganze Zeit gelächelt. Weil du selbst Angst vor den Konsequenzen hast, wenn du diese andere Welt in dir auslebst, diese Beziehung und es mal ernst nimmst, nicht immerzu lächerlich machst. Du hättest das ganz arrogant sagen müssen«, stöhnte Jane und war aufgebracht. Die Frau wusste ja immer sofort, wie man was tun musste. Verkackte Stylistin eben.
»Red Bull, Speed! Du hättest da wie bei einem Banküberfall reingehen sollen und richtig Stress machen.«
»Hab ich doch! – Aus der Blutlache werde ich Ihr Unternehmen komplett neu erschaffen und dies wird die Wirtschaft, die Welt, das Leben am Anfang des 21. Jahrhunderts komplett verändern. Wir werden neue Menschen, die ich jetzt noch nicht beschreiben kann, was auch nicht wichtig ist, aber dann schon wichtig sein wird. In jedem Fall ist es was Persönliches. Nur wenn es persönlich ist, ganz nah und direkt, kann es auch eine humane Wirtschaft werden.«
Ich hielt wieder inne.

Für einen Moment, als ich schweigend da stand, hab ich es gespürt. Diese Power. Hätte ich nicht nur das Schweizer Taschenmesser dabei gehabt und hätte Jane nicht derart mit der Ausleuchtung rumgenervt, hätte ich den Bullen vom Fleckviehverband schon bei der ersten Fahrt umgelegt. Einfach um aus den statischen Verhältnissen zu fallen und einen Prozess loszutreten, der einem nahe gehen musste.

Spät am Abend notierte der Journalist: »Sie zwingen den Red Bull Konzern eine noch unbewusste Verflechtung zu werden. Ein Verdacht. Ein Symbol für die Ahnung, dass wir in einem neuen Faschismus leben, einer Form kollektivistischer Gleichgültigkeit. In diesem unbewussten Symbol wachsen die Assoziationen und Verknüpfungen und die Welt wächst durch Red Bull hindurch, wütend, tobend, wie ein Vulkan, während der Konzern sich darin verstrickt und auflöst. Er löst sich in der radikalen Beziehung auf und ist nicht mehr in der Lage, wie eine Maschine zu funktionieren. Tod durch Liebe, durch das bewusste Leben der kleinsten Auswirkungen, Zusammenhänge und Missverständnisse, bis die Folgen unkontrollierbar ausufern. In Beziehungsarbeit an allem und jedem, in jeder Sekunde neu und unendlich komplex. Tausende Wurzeln und Verknüpfungen verstricken Red Bull immer tiefer mit dem unperfekten Menschen, der daran wachsen will, statt vereinfacht und als Lebensform reduziert zu werden. Ist Red Bull erst durch Liebe in gigantische Ineffizienz gefallen, werden andere Konzerne folgen. Sie können sich nicht mehr halten, wenn ein jeder in ihnen etwas anderes sieht, etwas, was in direktem, authentischem Bezug zum eigenen Leben steht«.

In der Nacht rissen wir den Journalisten von seiner Liege hinterm Bus und zerrten ihn übers Feld. Er war erschrocken und konnte zunächst die plötzliche Dringlichkeit nicht verstehen. Ich brüllte ihn an, während er vor uns auf dem Boden lag: »Sie haben jetzt verstanden, dass wir nicht ein Haufen von Irren sind, von Verweigerern, von Dilettanten. Sie sehen die Architekten in uns, die Weltdesigner. Aber Sie mein Freund müssen cool bleiben! Lehnen Sie nicht das ab, was Sie sind. Ein junger Journalist, der noch wenig erlebt hat und mitmachen will, der sich hat blenden lassen und möchte, dass es ganz schnell geht. Machen Sie keine Kampagne daraus! Keine Lösung! Wir müssen es nur aushalten, dass es wieder ganz anders kommt als erwartet und Sie zu jeder Zeit neu auf das schauen müssen, was zwischen uns ist. Bis Sie uns vertrauen. Uns wirklich vertrauen und uns nicht mehr rechtfertigen müssen.«

2

Am Donnerstag kam zum ersten Mal der Anruf, auf den wir gewartet hatten.
»So wird es vielleicht sein«, sagte ich und Christine machte die Kamera an.
»Guten Tag, ich bin Rodenhirsch. Also nicht der Rodenhirsch, aber jener Rodenhirsch, den Sie sprechen wollen. Weil Sie Red Bull bedrohten, haben wir von Ihnen gehört und natürlich wissen wir, was es mit dem Stier auf sich hat.

Bisher haben wir uns nicht eingemischt, da Sie niemand verstand. Da Sie nur im schwammigen Nebel nach sich selbst suchten. In Gemeinschaftsspielen und sonderbaren Ritualen. Nun aber hören Sie damit nicht auf. Sie gehen keiner geregelten Arbeit nach und belästigen einen Weltkonzern. Sie vermitteln den Leuten, Ihre Haltung habe tatsächlich eine Relevanz im Alltag. Sie passen da nicht rein und darum verhält man sich Ihnen gegenüber konsequent und das nennen Sie dann Diktatur. Das ist lächerlich! Wirtschaft ist doch keine Diktatur. Sie können wählen zwischen den Produkten. Natürlich nicht unendlich. Nur die Besten der Besten überleben. Wir werden nicht zulassen, dass Sie eine neue Ordnung einführen. Wir brechen alle Beziehungen zu Ihnen ab. Das ist unsere Macht.«
»Wir entziehen uns Ihrer Macht«, sagte ich ganz ruhig: »Indem wir unseren eigenen Rodenhirsch leben. Großartiger, intelligenter, vielfältiger als die Eliten es jemals waren und sein werden.«
»Wozu soll das gut sein?«, fragte die Stimme am anderen Ende ungeduldig.
»Es geht um Sie. Sie müssen sich endlich dazu bekennen. Es sich eingestehen, Rodenhirsch. Sie sind zu kreativer Schöpfung nicht fähig, weil sie nicht lieben können. Für alles brauchen Sie eine Gegenleistung, wie ein Parasit.«

»*Aber ich bin nicht Rodenhirsch*«, sagte er nun verunsichert und klang plötzlich wie ein Teenager, der sich übers Telefon mit uns einen Scherz erlaubte.
»*Der Rodenhirsch steckt in uns allen.*«
Er legte auf.

3

X geht aus dem Büro. Er hält eine Getränkedose in die Luft und versucht im Sonnenlicht die Telefonnummer darauf zu erkennen. In diesem Moment wird er brutal von einem Fahrradkurier erfasst, der gerade um die Ecke kommt. Die Dose rollt über den Gehweg. Der Fuß des Kuriers zertritt sie. Das macht ein metallisches Geräusch.

4

Christine blickt in die Kamera. Sie sitzt in einem dunklen Raum und ist offensichtlich allein. Eine kleine Hübsche. Eher ein österreichisches Mäuschen, die immer alles richtig machen will, aber eine engagierte Idealistin ist, was sie innerlich zerreißt:
»*Gestern haben Rocko, der Kameramann und ich unseren Job verloren. Die Redaktion wollte, dass wir liefern. Also den Beitrag über die Menschen, die in einem Bus nach Fuschl fahren, um dort auf Red Bull zu treffen, während sie diese Serie produzieren, über den Versuch echte Menschen zu werden, mit echten Erfahrungen, einer eigenen und echten Krise, die ihnen die Kraft gibt, ihr Leben selbst zu bestimmen.*

Ich sagte, dass es länger dauert. Dass die Roadstory anders werden würde. Dann gab es einen Streit. Sie haben uns rausgeworfen.

Die anderen dürfen es nicht erfahren. Sie geben sich so viel Mühe. Ich denke, dass Speed es weiß, aber er macht einfach weiter. Für ihn drehen wir jeden Tag die Serie und irgendwie ist das beeindruckend. Obwohl es auch sinnlos ist. Also nutzlos. Es bringt ja nichts.

Wir müssen einfach so tun, als würden wir die Serie tatsächlich drehen. Wir bemühen uns im Schnitt die Staffel mit einem roten Faden zu versehen. Diese Menschen werden von der Welt völlig missverstanden, als Verschwender, die sich nicht dem Opfer der Arbeit unterordnen. Man darf deswegen nicht schlecht von ihnen denken. Und überhaupt passiert alles wegen der synästhetischen Wissenschaft, die ich aber noch immer nicht begreife.

Nun, dann kam gestern diese Sache raus. Helena soll geopfert werden. Der Grund ist nicht klar. Vielleicht, weil sie Griechin ist, also pleite. Aber es scheint selbstverständlich. Weltpolitik. Es ist für den Frieden und damit es wirtschaftlich wieder aufwärts geht. Rocko und ich werden den Menschen die wahre Geschichte erzählen.

Man muss mit ihnen, also den Busreisenden, Geduld haben. Am Anfang ist doch alles stets ein Provisorium. Darum kann sich heute niemand einen Neuanfang leisten. Man muss ja vorher schon fertig sein. Sonst wird das nicht bezahlt. Nur das, was fertig ist, sichert einem das physische Überleben, während es den seelischen Tod bedeutet. Krieg ist Frieden und Lüge ist Wirtschaft. Jeder hat Angst davor zu fragen. Speed kennt keine Angst. Das ist unheimlich. Dieses Projekt wird ihn wirtschaftlich ruinieren.«

Episode 6: Sich erstmal näher kennenlernen

1

Irgendwann fiel mir auf, dass wir einander kaum kannten. Wir lebten nebeneinander her. Das mit dem Bus hatte was von Alltag. Es gab den Vorschlag, wir könnten ein Internetforum einrichten, um uns nicht aus den Augen zu verlieren.
»Wir haben kein Geld«, rief mal wieder jemand. »Wir müssen endlich konkret werden.
»Aushalten müssen wir es. Wir sind noch nicht soweit«, sagte ich
»Wer möchte noch Spiegeleier«, rief einer dazwischen, den wir Igor nannten, meine große Hoffnung, weil er aus Rumänien kam und aussah als käme er aus Rumänien. Was auch immer Rumänien war.
»Für mich ist Rumänien eisige Kälte«, sagte Dr. Frank.
»Nein, nein, Rumänien ist die Macht der Vampire, welche über Europa einfallen«, ergänzte der dicke Chemiestudent.
»Rumänien, meine Heimat. Schön dort«, unterbrach Igor, ganz unerwartet und weit entfernt von allem, was auf Hochglanz darstellbar war. Allein weil er dreizehn Cousinen und Cousins hatte, welche teilweise miteinander verheiratet waren, aber noch nie Sex hatten. Außerdem war seine Aussprache derart

undeutlich, dass man ihn hätte synchronisieren müssen. Das ging ja schlecht, weil man einzelne Figuren in einem TV Format nicht synchronisieren konnte, ohne dass es neben den nicht synchronisierten Darstellern auffiel. Man könnte ihn, wenn überhaupt, dann nur in einer anderen Sprache synchronisieren, die er logischer Weise selbst nicht sprach. Beispielsweise klingonisch oder den Dialekt, den man in verborgenen Tälern in Tirol spricht oder in Texas oder in der Unterwelt von Hamburg. Seinen wirklichen Namen habe ich vergessen. Wir nahmen ihn mit, weil er nach Schwierigkeiten roch.

Was war Igor nur für eine brillante Erscheinung. In seinem quer gestreiften Matrosenshirt und den abgerissenen Jeans, der ledernen Haut im Gesicht, warf er gewaltige Klumpen Butter in die Pfanne.

»Mach den verdammten Benzinkocher aus!«, schrie der Fahrer schon seit Tagen immer wieder. Igor hatte den Brenner im Gang zwischen den Stühlen fixiert und bereitete uns jeden Tag Eier mit trockenem Brot zu.

»Ist nicht gefährlich, wenn man aufpasst. Das schärft die Instinkte«, rief er ihm zu. »Wer möchte Wodka?«

Jane öffnete eines der Fenster, während wir anderen seinen geschickten Fingern folgten, an denen der Dreck bereits unter der Haut nachwuchs. Gelegentlich schossen die Flammen empor und der Busfahrer fuhr schockiert in Schlangenlinien.

»Ist scheiß trocken das Brot, Speed. Du musst es runter spülen!« Jemanden wie Igor fand man nicht in einer Werbeagentur.

»Das ist keine verweichlichte Medientucke. Ich wette, der schlägt dir noch die Fresse zu Brei, wenn du was über seine Mutter sagst«, erklärte ich dem jungen Praktikanten neben mir. In dieser gelösten Stimmung schrieb er dicke Chemiestudent einen neuen Brief.

Liebe Sandra Bullock,

Wir nennen sie die Rodenhirschs, weil sie uns dadurch persönlicher erscheinen. Als wären sie unsere Nachbarn. Vielleicht können Sie dem Präsidenten vorschlagen, dies auch mal mit der Achse des Bösen zu probieren.

Heute habe ich endlich verstanden, weshalb Speed eine klare Benennung der Dinge ablehnt und den Stier vermutlich überhaupt nicht töten will. Es kommt einem ja vor, als lebten wir in einer Zwischenwelt. Auf der einen Seite der Krieg und der Wahnsinn in der Welt, über den niemand spricht. Auf der anderen eine fantastische Welt subjektiver Empfindungen, die aber kaum jemand für das echte Abbild der Geschehnisse da draußen hält.

Jetzt ist mir klar geworden, dass wir durch unsere Reise eine Sprache entwickeln, um in der ganzen Breite zum Ausdruck bringen zu können, was passiert. Es ist nämlich kein Krieg. Die Krise ist nicht das, was in den Nachrichten berichtet wird. Das wäre zu einfach. Und eben diese Vereinfachung, dieser Zwang zu einer Ausdrucksform, die wir scheinbar alle verstehen, weil sie uns vereinheitlicht, nennt Speed »Rodenhirschs Sprache«.

Was die Menschen noch nicht verstehen ist, dass Rodenhirschs Sprache eine Lebenswelt geworden ist. Wir leben in der Sprache, die wir benutzen. Was wir in dieser Sprache nicht benennen können, existiert nicht. Darum haben wir das Gefühl, dass etwas nicht stimmt. Weil wir fühlen, dass da mehr ist, aber es lässt sich mit den klaren, offiziellen Begriffen nicht vermitteln. Wir müssen die Welt subjektivieren und einander zuhören, einander sein lassen.

Bitte, wenn Sie im Fernsehen sagen, dass wir OK sind, können wir uns aus Rodenhirschs Sprache befreien und wir werden verstehen, dass es nicht darauf ankommt, ob dass was ich oder jemand sagt, richtig oder falsch ist, sondern das, was ich sage, die Welt ist, in der ich existiere und diese zu verdrängen bedeutet, das Universum als lebendigen und denkenden Organismus zu verkleinern, bis wir einander immer ähnlicher werden und nur noch in der Welt leben, die sich mit Rodenhirschs Sprache beschreiben lässt. Rodenhirschs Sprache ist die Realität geworden, in der wir in immer weniger Freiheit leben.

Babylon muss mit radikaler Beziehungsverstrickung zu Fall gebracht werden. Die Standardisierung der Welt, durch moderne Unterhaltungstechnologie, Markenwelten und globalisierten Kapitalismus bringt uns sonst alle um.

Liebe Grüsse,
Der Dicke

2

Christine befragt mich in einem Interview. Ich sitze vor einer weißen Wand, in einem Zimmer in einem Hotel.
»*Welche Eigenschaften hat Helena?*«
Diese Frage ist mir unangenehm.
»*Werden Sie etwa rot*«, *fragte sie eindringlich.*
»*Sie ist hot. Ich meine, sie sieht gut aus.*«
»*Lassen Sie uns über die Liebe reden! Das ist doch nicht alles. Fällte es Ihnen schwer über die Liebe zu sprechen? Über Ihre Gefühle für Helena.*«
»*Sie hat halblanges, blondes Haar. Blaue Augen. Sie ist stets top angezogen. Sehr vornehm.*«
Ich muss albern lachen.
»*Warum lachen Sie?*«
»*Wie sieht sie aus? Ich meine, was sagt das schon?*«
»*Was sagt denn mehr?*«
»*Ihre Seele.*«
»*Wie ist denn ihre Seele?*«
»*Ich weiß es nicht.*«
»*Woher wissen Sie, dass Helena Sie liebt?*«
»*Sie hat mir viele SMS geschrieben.*«
»*Worüber?*«

»Über Ihre Familie. Was man darf und was nicht. Was die sich für die Welt überlegt haben. Mit Europa und warum man die Staaten in die Pleite gezwungen hat, um die Menschen kontrollieren zu können? Weil sie Angst davor haben, die Verhältnisse könnten sichtbar werden.«
»Lassen Sie uns doch von Helena sprechen und nicht von der Welt.«
»Wie soll ich von Helena sprechen, ohne von der Welt zu reden? Sie ist die Tochter des reichsten Mannes auf dem Planeten. Eine Griechin.«
»Ist das so?«
»Das hat sie mir erzählt.«
»Warum leiht sie sich ständig Geld von Ihnen?«
»Weil Ihre Familie sie kurz hält. Sie will sie bestrafen, weil sie sich mit mir abgibt.«
»Lieben Sie sie wirklich, oder was gibt Sie Ihnen?«
Ich zögere einen Moment.
Aus irgendeinem Grund legt der Kameramann die Kamera nun zur Seite.

»Ein Teil von mir kann es schwer ertragen, dass sie reduziert wurde auf ein Opfer. Das schwingt sicherlich mit. Ich glaube schon, dass es Liebe ist. Aber wie kann ich das sagen und mir zugleich sicher sein? Vielleicht bin ich noch nicht ich selbst genug, um diese Frage beantworten zu können. Ich fühle mich zu ihr hingezogen. Und es schmerzt, wenn sie nicht da ist.«
»Als Sie noch jünger waren. Ich meine früher. Hat man Ihre Welt gesehen, wahrgenommen? Ist das hier vielleicht Kompensation«, fragte sie.
»Nein. Es geht nicht um mich.«
»Warum geht es nicht um Sie, Speed? Sind Sie es nicht wert? Ist die Außenwelt wertvoller als Sie es sind? Reden Sie darum ständig von der Welt, während es im Grunde darum geht, dass Sie, Speed, nicht gesehen werden, dass Sie es als existenzielle Bedrohung empfinden, als müssten Sie sterben, als würden Sie geopfert, damit die Verhältnisse bleiben können wie sie sind?

Unauthentisch, aber für die meisten Menschen eine angenehmere Form der Existenz?«
»Ja. Sie haben Recht«, sagte ich und fast lief mir eine Träne über die Wange.
»Ist meine Welt jetzt bedeutungslos? Hat sie keinen Wert?«
»Das weiß ich nicht«, sagte Christine und erschrak innerlich vor sich selbst, als spreche eine andere Autorität durch sie.
»Sie sagen, man muss doch von was leben«, begann ich zögerlich zu erzählen: »Du musst arbeiten und dein Leben verdienen! Aber ich sterbe, solange ich nicht bin, wer ich bin. Für mich klingt es als sagte Sie, du musst arbeiten um zu sterben.«
»Ich sollte damit aufhören«, unterbrach sie beschämt. »Ich versuche Sie zu einem Objekt zu machen. Sie zu entzaubern. Vielleicht aber fühlen Sie das wirklich? Vielleicht ist die Welt magisch, wenn man sie lebt, als wäre man eine fiktive Heldenfigur?«
»Ich will nicht mehr darüber reden«, sagte ich und verschwand für mehrere Stunden vom Set.

Episode 7: Zweifel im Selbstbild

1

»Jane, Du bist jetzt Onkel Rodenhirsch. Du triffst auf Dr. Frank, in der Hoffnung, dass er vernünftig genug sein wird, die Reisegruppe aufzuhalten. Und los!«
Rodenhirsch kommt zufällig vorbei und trifft an einer Tankstelle auf Dr. Frank. Wir anderen beobachteten gespannt die Szene. Ich deutete dem Assistenten auch noch den dritten Spot einzuschalten.
»Dr. Frank. Rodenhirsch mein Name. Es ist mir eine Ehre Sie kennen zu lernen.«
»Meine Güte, Herr von Rodenhirsch. Wir haben uns schon gefragt, wann wir Sie kennenlernen dürfen. Warten Sie! Ich werde die anderen holen!«
»Moment, ich möchte zunächst nur mit Ihnen sprechen.«
Dr. Frank wurde ernst und war bereit zuzuhören.
»Glauben Sie denn, dass ich in der Serie gut getroffen bin? Also dass diese Jane mich optimal darstellt? Finden Sie nicht vielleicht, dass die Rolle mehr hergeben könnte?«
»Wie meinen Sie das?«
»Wenn Sie vielleicht, mein lieber Dr. Frank. Es wäre doch verständlicher, wenn Sie beispielsweise mich spielen. Sie müssen

verstehen. Ich bin Geschäftsmann, einer der erfolgreichsten auf dem Planeten und wenn dann meine Kunden die Serie schauen und ich werde von einer Frau gespielt, fragen die sich, ob ich schwul bin. Nicht dass ich was gegen Menschen habe, die schwul sind, aber die sind dann eindeutig schwul und werden nicht von Frauen gespielt.«
»Sie mögen es nicht, wenn etwas ambivalent ist.«
»Also ambivalent ist schon gut, wenn es klar ist. Aber eben nicht ambivalent ambivalent. Ich bin zur Perfektion erzogen worden. Das hier ist ganz neu für mich. Schon auch aufregend, aber eben neu. Wie würden Sie denn meine Rolle beschreiben?«
»Jetzt wo Sie mich darauf ansprechen. Diese Sache mit Helena verstehe ich nicht ganz. Warum wollen Sie Helena ermorden? Ist es, weil Ihre Welt zerfällt und Sie mit aller Macht versuchen die Kontrolle zu behalten? Oder erzählen Sie nur Ihre eigene Geschichte, wie Sie sich selbst immer wieder opferten für die Aufgabe. Die Beherrschung des Planeten.«
»Das hat Tradition bei uns. Das kann ich Ihnen nicht erklären, weil Sie sonst nicht mehr mitmachen wollen.«
»Ich finde das gut, dass Sie ehrlich sind. Aber Sie müssen es mal rauslassen. Sich befreien von diesem Druck. Dann macht es Ihnen bestimmt weniger Schwierigkeiten, dass Sie von einer Friseuse gespielt werden. Im Grunde ist das Frisieren doch Ihr Geschäft, wenn Sie ehrlich sind. Die Zahlen, die Buchhaltung. Überall wird frisiert. Sie könnten sich für die tieferen Zusammenhänge öffnen.«

Rodenhirsch hatte nun diesen leicht neurotischen Gesichtsausdruck, wie einer, der lächelnd versucht eine schwere Schuld zu verdrängen: »Das ist sehr interessant, was Sie da sagen, mein lieber Dr. Frank. Wir, also die Mitglieder meiner Familie, sind anders, wissen Sie. Es ist kompliziert. Ich kann nicht frei darüber sprechen. Sie gehören nicht meiner Schicht an. Sie würden das nicht verstehen. Und außerdem sehen die Österreicher gerade zu.«
»Vielleicht verstehe ich es besser als Sie ahnen.«
Dr. Frank ließ seine Hose runter.

»Schauen Sie doch mal! Ich bin auch nur ein Mensch.«
»Was haben Sie vor, Dr. Frank. Also das ist mir jetzt irgendwie unangenehm«, wich Rodenhirsch aus. »Das sollten wir nicht im Fernsehen zeigen.«
Die Kamera wackelte.
»Ich finde, wir sollten alle die Hosen runterlassen«, sagte Dr. Frank fordernd.
Schnitt.

2

Am späteren Nachmittag ist X in der Praxis eines Psychotherapeuten. Gerade ist er am Eingang an dessen Schild vorbei gelaufen. Er geht hinein und der Therapeut bittet ihn in einem Raum Platz zu nehmen. Er setzt sich in den Ohrensessel. Die Stimmung ist angespannt.
 Der Therapeut ist ein netter, rundlicher Mann mittleren Alters, der nun einen Notizblock zur Hand nimmt.
»Wa kann i für i tun?«
 X räuspert sich und für einen Moment fühlt er sich ein wenig befreit.
»Ich bin Sachbearbeiter beim Jobcenter und habe ständig diese Bilder im Kopf und manchmal sind es Stimmen. Von kreativen Menschen, die eine neue Wirtschaft, vielleicht eine ganz neue Gesellschaft entwickeln. Indem sie übersensibel werden und mit allen, sogar mit Firmen eine bewusste Beziehung haben wollen. So sensibel, dass sie Probleme entdecken, die überhaupt nicht da sind und an denen alles zerbricht. Weil der Kapitalismus dann keinen Sinn mehr macht. Das darf ich in meinem Job aber nicht zulassen. Die sollen arbeiten, was ich ihnen auch sage, aber doch nicht an ihren Beziehungen arbeiten.«
 Der Therapeut lächelt: »Kann es sein, dass Sie in Ihrem Job unglücklich sind? Dass Sie sich nach mehr sehnen? Nach Selbstverwirklichung beispielsweise? Weil Sie entdeckt haben, dass Sie ein ignorantes Arschloch sind, wenn Sie nicht an ihrer Beziehung zur Welt arbeiten?«

X ist irritiert.
»i bitte?«
»Ka e ein, da i in ih unückich ind?«
X schüttelt den Kopf, steht auf und sagt entschlossen: »Da bringt hi a wohl nich.«
Er verlässt den Raum und knallt hinter sich die Türe zu.

Am Abend geht er in die Stadt. X *tanzt in einer Disko zwischen 19jährigen Mädchen.*
»Du bi alter ack«, sagt eine.
Er ohrfeigt sie.

Ein großer Mann schlägt ihm ins Gesicht.

Draußen zerschlägt er eine Bierflasche auf der Frontscheibe eines Wagens und rennt weg.

Episode 8: Der Beklemmung entfliehen.

1

Unser Besucher aus Gütersloh reichte mir die Schüssel mit Brokkoli, während die Kulissenmalerin den Wein nachschenkte. »Wir Deutschen sind da etwas sachlicher ...«, sagte er arrogant und belächelte unseren Zustand, weshalb ich in einem Schwall entgegnete: »Ja, ich habe verstanden, dass Sie keinen offenen Massenmord mehr begehen, aber damit wollen Sie mir doch nur verbieten mich zu empören, laut zu brüllen und mein Entsetzen kund zu tun.«

Jede Woche kam jemand zu Besuch und wir diskutierten offen über das Projekt, unsere Kultur und den drohenden Faschismus, während der junge Journalist sich Notizen machte. Auf diese Weise war schon mancher Artikel in einer wichtigen Zeitung erschienen, was eine heikle Sache war. Wir durften um keinen Preis zu rasch etabliert werden. Wenn erstmal der Fanclub vor einem stand, konnte man nicht mehr frei arbeiten.

»Ich verbiete Ihnen doch nichts«, warf der Gast ein.
»Nichts, ist eine totalitäre Definition. Sie verbieten mir nichts. Eine Lüge. Einen Massenmord würden Sie mir doch verbieten. Darüber zu reden, würden Sie mir doch verbieten. Es ist doch

eine Brutalität, mit der Sie mir nichts verbieten. Als müsse ich um Ihre Erlaubnis bitten.«

»Die Dinge sind doch viel einfacher. Seien Sie doch froh, dass Sie im Westen leben und von unserem Sozialstaat profitieren können!«

»Sie unterdrücken mich pausenlos, weil Sie es nicht aussprechen, dass ich die Klappe halten soll. Sie sagen nur, dass Sie nichts verbieten. Dass wir in einer Demokratie leben in der jeder sagen kann, was er will. Damit schieben Sie mich von sich und verweigern sich der Aggression, der Wut, dem sich Einlassen auf das, was zwischen uns ist und uns vermutlich beide wie Narren aussehen lässt. Es kann eben nicht jeder sagen, was er will. Es weiß ja nicht mal jeder, was er will. Könnte ich mich mit Ihnen streiten, kämen wir vielleicht dahinter.«

»Aber doch nicht, weil ich sage, dass jeder das kann«, meinte der Gast selbstbewusst, hielt er sich doch rhetorisch für nicht unbegabt.

»Doch, genau deshalb. Weil Sie so tun als gäbe es eine Lösung, wenn man wählen geht oder im Internet den Mund aufmacht. Tatsächlich, wenn ich das tue, muss ich feststellen, dass es im Internet keine Kraft, keine Relevanz mehr hat, weil ich mein subjektives Unbehagen darin nicht ausdrücken kann. Es passt nicht in die Eingabemaske. Nicht mit meinem Gesichtsausdruck, dem Gestank meines Körpers, der Lautstärke meiner Stimme.«

»Dann twittern Sie es doch mehrmals. Das ist ja möglich!«

»Ich kann den Mund bewegen und Buchstaben übertragen. Die Relevanz dieses Moments, dieser Situation aber kann ich nicht übertragen. Darum brauchen wir eine andere Technologie. Eine Technologie, welche die Abhängigkeit von Technologie endgültig zu überwinden hilft und den Zugang zur tatsächlichen Situation nicht verstellt. Mir fällt gerade auf, dass jede Methode diesen Zugang letztlich verstellt. Besonders Ihre so hoch geschätzten Diskussionskultur, die doch nie die Möglichkeit offen lässt, dass man nichts zu sagen hat, es besser wäre, darüber nicht zu sprechen, sondern zu fühlen, ob es einen wirklich, also tatsächlich berührt oder interessiert und dann wüsste man vielleicht auch, weshalb.

Ihre Zivilisation, Ihre Kultur ist ein Verbot lebendig sein zu dürfen.«
»Warum sind Sie denn derart angepisst? *Wir sitzen in der Sonne und gleich gibt es was zu essen. Das Leben ist großartig, finde ich. Im Grunde geht es uns doch gut. Es ist doch alles gut.«*
»Nichts ist gut«, schrie ich. »*Warum nur distanzieren Sie sich von mir? Können Sie nicht zulassen, dass wir ein Unbehagen teilen und es nicht nur mit mir zu tun hat? Wann übernehmen auch Sie Verantwortung?«*

Das verstand er nicht, weil er doch arbeiten ging und alles richtig machte und Geld hatte. Da waren wir und da war er. Er hatte sich schließlich durch harte Arbeit aus den Problemen befreit und begriff nicht, dass alles Geld der Welt einen nicht befreite, von den Verstrickungen der Existenz. Es erweckte nur den fatalen Eindruck, man habe es verdient, die Auswirkungen des eigenen Handelns nicht mit anderen diskutieren zu müssen und könne es sich leisten ein Arschloch zu sein.

2

Im Hotel betrank sich der Journalist wieder. Der Fernseher lief und seit Stunden ging er nicht mehr ans Telefon.

Nachrichten ZDF: Berlin – Immer mehr Menschen haben wieder Arbeit. Stuttgart – Die Zahlen psychischer Erkrankungen am Arbeitsplatz explodieren. Besonders häufig treten Formen von Aussetzern auf. Menschen vergessen, was sie eben noch getan haben oder sprechen scheinbar in Rätseln. Wer seinen Job behalten will, sollte sich klarer ausdrücken, also sagen, was die anderen, besonders die Vorgesetzten, hören wollen. Frankfurt – Das Jobcenter strich einer Schwangeren sämtliche Bezüge. Dass sie sich das Leben genommen hat, soll eine Folge von starkem Alkoholeinfluss gewesen sein, sagen die Experten. Stockholm – Johnson Holgerson, der Europapolitiker, der letzte Woche behauptete wir seien mit China, den Russen und den USA im Krieg, ist heute überraschend zurückgetreten. Die Staatsanwaltschaft ermittelt gegen ihn wegen einer möglichen Affäre mit einer 14-Jährigen.

Das Telefon klingelte. Es war meines, welches ich vergessen hatte, beim Journalisten im Hotel. Onkel Rodenhirsch war dran und der Journalist hob völlig betrunken ab.

»Mein lieber Herr Speed. Eben habe ich mir die letzten Aufnahmen angesehen. Die Szene mit Dr. Frank hat mich etwas irritiert. Dabei ist mir aber bewusst geworden, dass ich gerne vor Ort wäre, um mich vielleicht doch umfangreicher in das Projekt einzubringen. Verstehen Sie bitte, dass das alles nicht persönlich gemeint ist, dass ich Helena opfern will. Wir müssen heute alle Opfer bringen.«

»Ich bin nicht Speed«, antwortete der Journalist.

»Doch, natürlich sind Sie Speed. Sie wissen doch, dass die Situation, in der wir uns alle befinden, Speed ist.«

»Das verstehe ich nicht.«

»Es ist Speed. Denken Sie immer daran! Die Welt ist voll auf Speed und es drückt sich durch Sie aus. Durch uns alle. Der Planet will uns etwas mitteilen. Mit Hilfe von Red Bull. Wir müssen loslassen, uns miteinander verbinden. Um zu dem Planeten zu werden. Verstehen Sie das?«

Der Journalist warf das Telefon hinters Bett, wo ich es am nächsten Tag fand. Es klingelte erneut.

Ein weiterer Rodenhirsch, es müssen an diesem Donnerstag an die sieben gewesen sein, legte auf und wandte sich seinem Gast zu. Einem alten Freund aus dem europäischen Adel.

»Ein interessanter Mann«, sagte er, um seinen Gast über das Telefonat aufzuklären, da dieser sich bereits etwas vernachlässigt fühlte. Beide saßen in einem holzvertäfelten Schlosszimmer mit historischen Bildern an der Wand.

»Nur gut für uns, dass niemand diesem Speed zuhört, weil er lediglich aus seiner subjektiven Perspektive spricht und nichts Objektives beizutragen hat. Die Subjektivierung der Welt wäre das Ende unserer Herrschaftsstruktur, kapierten die Menschen, dass es ihre natürliche Sprache ist. Ihr Heimatplanet.«

»Wie wurde die Sprache der Subjektivität eigentlich zerstört, alter Freund? Ich war damals nicht dabei.«

»Das ist ganz einfach. Man muss dafür nur die Intimität zerstören und Vergleichbarkeit herstellen und richtig und falsch, was von selbst entsteht, sobald das Wertvollste in uns von jedem zu jeder Tageszeit bewertet werden kann. Zuerst muss man die Eltern trainieren, ihre Kinder zu bewerten. Das tun sie automatisch, wenn man ihre Existenz davon abhängig macht, dass sie einer Autorität gefallen. Sonst kommt die Rübe eben ab. Zack, zack!

Im nächsten Schritt, ist das Kind erstmal verwirrt und gebrochen, belohnen wir es immer dann, wenn es gehorcht, damit es lernt, reflexartig zwischen richtig und falsch zu unterscheiden.

Dann kann es kein Buch mehr lesen, welches nicht auf eine simple Weise den Erwartungen entspricht, oder jemandem länger zu hören, der einen komplexen und irritierenden Sachverhalt erklärt. Diese rationale Kontrolle würgt den inneren Fluss ab und macht orientierungslos. Die Grundvoraussetzung, um Menschen manipulieren zu können. Sie glauben dann alles, weil sie ihre natürlichen Instinkte abschalten, da sie mit dem Widerspruch nicht zurecht kämen.

Wir zerrten den Sex, die zärtliche und einzigartige Berührung zwischen zwei Menschen, ans Licht, ersetzten ihn durch Pornografie, die ewige Wiederholung identischer Empfindungen, zerstörten die Ehe, zerstörten die Familien, mit TV Geräten, in denen wir die Intimität ersetzten, durch die Erfahrungen der anderen, die ihnen in Serien vorgelebt wurden. Es entstand die konforme Identität des modernen Menschen.

Am Ende werden sie Liebe bei der Maschine selbst suchen, dem was wir vollkommen lenken können, was sich über die ganze Welt als Kopie der Kopie der Kopie ausbreiten kann, bis niemand mehr an die Realität komplexer Zusammenhänge glaubt oder in diesen leben kann. Bis man schließlich sogar die Liebe für ein sentimentales Gerücht hält. Für zu kompliziert. Das ist das Ende jeder Solidarität.«

»Ungewöhnlich«, unterbrach der Freund. »Vielleicht müssen wir uns bald nicht mehr verstecken, sondern können ganz öffentlich Menschen opfern. Wir müssen es nur unlogisch erklären und es sollte wie die liebevolle, fürsorgliche Antwort eines Vaters, einer Mutter klingen.«

Rodenhirsch hob das Glas und sprach theatralisch: »Im neuen Faschismus töten sie den Andersdenkenden, den Fremden aus einem Harmoniebedürfnis, das sie mit Liebe verwechseln, indem sie die Beziehung verweigern, weil diese mit Schmerz verbunden ist. Das ist wahrer Fortschritt.«

3

»Keine Ahnung, wer ich bin«, rief ich dort, wo ich dachte, dass die Mikrofone wären. Draußen die Lichter der Stadt, die doch nichts erleuchteten. Alle sahen uns zu und bemühten sich leise zu sein. Während Helena über mir saß, wie die entführte Milliardärstochter Patty Hearst mit dem Armeehemd und dem Maschinengewehr im Anschlag. Jetzt wo ich ein Rebell war, weil ich gegen die Rolle des Rebellen rebellierte und bei Tyrannen Nähe suchte, wollte ich verstehen, welche Rolle ich spielte, um sie dann eben gerade nicht zu spielen.

Konnte ich nur lange genug die Vermarktung unserer Serie verhindern, würde ich Helena retten können. Befreien aus der Rolle, die ihren Tod bedeutete.

Sie dürfen es nicht mögen, was sie hören!

Das ist kalter Entzug für Konsumenten.

Dr. Frank spielte bevorzugt Jane und Jane spielte mich, weil sie ja immer der Chef sein wollte. Sie sah das natürlich völlig anders. Gelegentlich gab es Streit.

»Ich fühle mich wie eure Marionette«, brüllte sie. »Mal soll ich die USA spielen, dann wieder Europa, dann einen Banker und ich fühle mich missbraucht, vergewaltigt, gefickt. Als würdet

ihr mich nur wie ein Display zur Welt sehen. Menschliche Handlungen sind aber nicht relativ. Es tut weh, wenn was falsch läuft.«
»Das ist es doch«, sagte ich.
»Es ist scheiße, Speed. Ich bin keine Eingabemaske für Experimente mit eurer Wirklichkeit und den politischen Verhältnissen.
Verschwindet! Ich kann das nicht. Die Welt spielen. Es ist doch ernst, ihr Arschlöcher. Fühlt ihr es denn nicht? Wir brauchen rasch eine Lösung!«
Jane rannte vom Set.
»Wenn ich mich mehr so auf dich setze«, fragte Helena und drückte das Fotostativ wieder gegen meine Brust, als wäre es der Lauf einer Knarre. »Das ist noch nicht Porno, Schatz, und wenn schon, dann ist eben Porno doch die Lösung.«
Vielleicht war es der Anfang einer unkonventionellen, europäischen Revolution. Die sperrige Revolution. Zu sperrig, um die Massen in eine neue Ideologie zu treiben.
Im Sex war alles erlaubt. Im scheiternden Sex noch mehr.
»Das ist kontraproduktiv. Das ist geil kontraproduktiv«, sagte ich zu Dr. Frank, der fasziniert mitschrieb.
»Nicht so doll«, stöhnte ich und warf Helena runter, woraufhin sie neben dem Bett auf der Wiese hart aufschlug.
»Wenn das meine Eltern wüssten«, schrie sie lachend, was ich eine seltsame Aussage fand für eine 32-Jährige. Es war großartig, dass es nicht passte, dass sie kein mexikanisches Luder mit einem Patronengürtel und einer Machete war, sondern eine leicht hölzerne Blondine, die teure Perlenketten und eine Frisur wie die Prinzessin von Norwegen trug.
»Du willst es doch auch«, sagte ich mit einer Zigarette im Mund, obwohl ich Nichtraucher war.
»Wenn ich dich eines Tages zwinge anders zu sein, wirst du es dann tun?«, fragte ich sie und das kleine Mädchen in ihr rebellierte nicht. Manchmal zog ich mir ein hellblaues Hemd mit Krawatte an und eine biedere Stoffhose und behandelte

sie wie ein Stück Dreck, während ich ihr aus der Bibel vorlas. Wegen der moslemischen Extremisten und dem Ausgleich.

»Moslemische Extremisten, verdammt. Dass ich nicht früher daran gedacht habe«, notierte Dr. Frank. »Wenn wir den ungründlichen Deutschen etablieren könnten, ergäbe sich daraus vielleicht der individualisierte Chinese ...«

4

Szene 16: X steht im Supermarkt und hat vergessen, was er kaufen will. Eine unheimliche Kraft hindert ihn daran weiter zu gehen. Sein warmer Atem haucht auf die Glasscheibe der Kühlvitrine und bildet einen runden Kreis. Dahinter steht eine Packung Wirsing mit Sahne. Es ist ihm fast, als kommuniziere das Produkt mit ihm. In einer Sprache, die wie eine Symphonie klingt. Komplexer und intelligenter als er es begreifen kann. Er versteht nicht, wie er in diese Situation geraten konnte, aber zum ersten Mal will er sich nicht mehr dagegen wehren.

Er hat gelesen, dass die psychischen Erkrankungen in den Büros zunehmen wegen der Komplexität. Er habe Speed in seinem Kopf sagen hören, dass dies an der Abspaltung läge, an der Arbeitsteilung. Die komplexere Ordnung versuche sich durch die Mitarbeiter auszudrücken. Das Burnout sei die Verweigerung der gelebten Beziehung und der Konsequenzen daraus. Man wolle nicht von der Norm abweichen. Darum könne nur die radikale Subjektivierung aller Arbeitswelten den Menschen wieder zum Menschen werden lassen. Unperfekt, kreativ und schöpferisch. In einem Markt mit echten Bedürfnissen.

5

»Könnt ihr uns hören? Over«, kam es aus dem CB Funk. Dr. Frank stellte lauter und nahm das Mikrofon zur Hand.
»Wir hören euch klar und deutlich. Over!«

»Gestern haben wir die siebte und achte Folge gesehen. Die meisten von uns sind begeistert. Wenn nur mehr Menschen es sehen könnten. Over.«

Die Stimme am anderen Ende war manchmal nur undeutlich zu verstehen und der Funk krachte und fiepte immer wieder.

»Wir sind bei euch und wollen euch nur sagen, dass es jetzt Gruppen im ganzen Land gibt. Auch haben wir schon mit Engländern und Franzosen gesprochen. Sogar welchen in Brüssel. Wir lernen uns langsam näher kennen. Einige haben Fertigprodukte ausgesetzt und viele versuchen intime und ganz persönliche Beziehungen zu Menschen aus der Wirtschaft aufzubauen und sich darin zu verstricken. Dafür danken wir euch. Lebt intensiv und ungenau!«

Wir alle standen betroffen, mit Tränen in den Augen, um den CB Funk im Bus herum.
Schnitt.

Christine in den Straßen von Leipzig, eine Woche später:
»Viele Menschen hier draußen verstehen noch immer nicht, warum man die Sache nicht einfach durchzieht und den Bullen kalt macht. Stattdessen spielt man sowas wie ein Theaterstück. Eine seltsame Kunstform, die aber, das denken hier viele, eben nichts Konkretes in der Welt verändern wird, in der Leute Arbeitsplätze wollen.«

Sie richtet das Mikrofon in die Menge. Ein Arbeiter beginnt zu sprechen, geht ganz nah ran, weil es überall ziemlich laut ist.
»Sie sollen es tun, finde ich! Wir können das verstehen, dass Sie vielleicht Angst haben, aber man lebt nur einmal.«
»Die sollen doch endlich arbeiten gehen«, brüllte eine Frau dazwischen.
»Glauben Sie, dass es eine zweite Staffel geben wird?«
»Einsperren sollte man die! Asoziale Schmarotzer.«
»Warum haben die sich mit Onkel Rodenhirsch, mit den Eliten verbündet? Das ist Verrat«, schrie wieder jemand aus dem Hintergrund. «Die stecken mit den Bankern unter einer Decke!«

»Nein, dass lassen die nicht durchgehen. Der Mensch ist bequem und will nicht nachdenken. Das schadet ja der Wirtschaft. Unser einer. Der kleine Mann, verstehste? Der begreift die Welt nicht mehr. Uns haben sie in Stich gelassen. Es ist wie damals. Für uns fährt kein Bus in den Westen. Die Kreativen haben es doch immer leichter. Am Ende aber können die das Problem auch nicht lösen. Niemand kann es lösen. Außer die Politiker und die wollen es nicht lösen. Wenn du mich fragst, Mädchen. Ich denk, die wollen, dass es noch schlimmer wird, damit wir nach dem starken Mann rufen. Nach der Weltregierung.«

»Wenn es keine Lösung gibt, gibt es keine Lösung. Ich glaube, dass man das heute sagen kann«, ergänzte Christine, in die Kamera sprechend. »Das ist ja das Problem. Dass wir keine Lösungen haben. Nirgends gibt es Lösungen. Darum wird das nichts. Darum kann man es gleich lassen. Eine Lösung hat nur die EU und die funktioniert nicht. Darum muss ich eines klar und deutlich sagen: Ich will keine Lösung, sondern das Ende der Ignoranz.«

»Das hat doch alles nichts mit der realen Unterdrückung zu tun, die wir im Job spüren«, schrie ein Mann im Blaumann aufgebracht. »Das, was die da fabrizieren. Diese Freiheit. Das sollte man verbieten, wenn Sie mich fragen. Wir lösen die Probleme der Welt doch nur anständig, wenn wir uns sachlich zusammensetzen und dann muss man das durchziehen. Ich finde, die sollten verboten werden. Weil sie die Unterdrückung, von der sie reden ... Das ist doch eine Verarschung. Das sind doch Witzfiguren. Dafür haben die wieder Geld. Uns aber lassen sie arbeiten, bis wir tot umfallen. Das versteht doch keiner mehr. Anständige Leute braucht das Land. Die zeigen, wo es lang geht. Die anpacken können, fleißig sind und mitmachen. Da müssen vernünftige Experten ran! Damit da mal Ruhe rein kommt. Die da, die sollte man wegsperren, wie damals! Das ist meine Meinung.«

Und Christine beendet mit den Worten: »Schalten Sie nicht aus! Bleiben Sie an der TV-Serie dran. Dann werden es auch andere tun. Die Populisten! Sonst kommen die Populisten.«

6

Am nächsten Morgen zündet X den Papierkorb unter dem Schreibtisch einer anderen Sachbearbeiterin an. Es qualmt. Er versucht das Feuer mit dem Aktenordner, in dem fünfzig Profile von Arbeitslosen aufbewahrt werden, zu löschen.
Andere Kollegen wollen ihn davon abhalten. Nun brennt auch der Aktenordner. Der Qualm wird immer dichter. Schließlich schüttet jemand eine Kanne Kaffee in den Eimer. Es stinkt fürchterlich. Man fragt, wie das passieren konnte. Niemand hat was gesehen. Vermutlich ein Arbeitsloser. Das klingt logisch.
Jemand ruft den Sicherheitsdienst. Man kehrt zum Platz zurück. X ist kurz verschwunden und kommt nun mit einer Packung Vanilleeis. Seine Kollegen essen viel Vanilleeis, weil es gegen das Unwohlsein hilft.
Es stinkt noch immer nach Qualm, aber die meisten Sachbearbeiter in dem Großraumbüro löffeln nun Vanilleeis aus kleinen Glasschüsseln.
50 Arbeitslose müssen erneut anrücken, um ihre Daten anzugeben. Alle werden verdächtigt Brandstifter zu sein.

7

»Sie dürfen auf keinen Fall nach Fuschl kommen«, meinte Herr Maderthaler beunruhigt am Telefon. Maderthaler war früher Snowboardweltmeister gewesen und leitete nun die Kulturabteilung von Red Bull.
»Die in Fuschl haben Angst vor Ihnen. Wenn Sie noch ein weiteres Mal unangekündigt über das Gelände laufen oder gar wie das letzte Mal eine Staffelei aufbauen, ist es nicht auszuschließen, dass jemand dort die Antiterroreinheit Kobra ruft. Haben Sie mich verstanden? Und kommen Sie auf keinen Fall zum Hangar 7 am Flughafen. Hier ist alles terrorismusgefährdet. Red Bull könnte jederzeit von Terroristen angegriffen werden. - Red Bull ist ein ganz

normales Unternehmen, in dem fleißige Menschen arbeiten. Die in Fuschl, die verstehen das nicht! Hier ist nichts unbewusst!«

»Wir sind seit einem Monat auf dem Weg zu Ihnen, Maderthaler«, sagte ich, während Dr. Frank mir Red Bull nachschenkte. Wir fühlten uns hellwach und ein wenig überdreht. »Es ist nur eine Frage der Zeit, bis wir in Fuschl auftauchen. Onkel Rodenhirsch wird uns auf keinen Fall daran hindern. Da Sie das letzte Mal erwähnten, dass Red Bull immer wieder von Wahnsinnigen bedroht wird, habe ich nun versucht, diese ausfindig zu machen. Damit wir herausfinden können, ich meine erforschen, warum diese Menschen Red Bull zerstören wollen. Ich glaube, dass es um eine unbewusste Botschaft geht, die größer ist als Ihr Red Bull.«
Maderthaler schnaubte ins Telefon:
»Herr Speed. Sie sind doch ein so netter Mensch. Bitte tun Sie es nicht!«
»Ich bin kein netter Mensch, auch wenn ich manchmal nett bin.«

8

Dr. Frank zog sich ein Red Bull Kostüm an und spielte nun den Maderthaler. Im Hintergrund eine Kulisse mit Bergen und dem kleinen Dorf Fuschl.

Maderthaler rief sofort in der Zentrale in Fuschl an: »Wer ist denn jetzt zuständig wegen dem Speed«, *fragte er verzweifelt.*
»Das war früher der Herr Mayer«, *sagte eine nette Frauenstimme am anderen Ende.*
»Was ist mit dem Herrn Mayer?«
»Der ist letzte Woche an Krebs gestorben.«
»Dann geben Sie mir wen anderen!«
Sie flüsterte ins Telefon: »Herr Maderthaler. Wir können ihnen niemanden geben, weil in diesem Monat schon fünf Mitarbeiter an Krebs gestorben sind und wir darum die Konferenz wegen der neuen Umsatzzahlen verschieben mussten. Ich fürchte, dass Sie

allein mit dem Speed klar kommen müssen. Aber rufen Sie doch bei den Deutschen Behörden an. Vielleicht können die Ihnen helfen, solange der Bus noch in Deutschland ist. Es kann doch nicht jeder einfach eine Beziehung zu einer Firma aufbauen. So funktioniert das nicht.«

Maderthaler konnte in Berlin niemanden erreichen. Dann plötzlich die männliche Stimme eines älteren Herren am anderen Ende: »Hören Sie, Maderthaler. Wir müssen die Kontrollen verschärfen. Jeder, der krank wird, muss das ab sofort beweisen. Auch die Ärzte müssen wir überprüfen lassen. Das Leben gerät sonst völlig aus den Fugen. Wir brauchen mehr Wachstum, aber eben keine Krebszellen. Notfalls durch die Krankenkasse alles nach Standards prüfen lassen, weil die ein Interesse daran haben, dass da nichts ist. Die Simulanten zerstören das Land, Maderthaler. Der Speed hat sie auf die Idee gebracht. Einfach mal eine andere Realität simulieren und übersensibel zu werden. Das nennen die authentisches Gefühl. Als würde das, was ich hier sage, eine tiefere Wahrheit über unsere Welt offenbaren. Schwachsinn! Als ginge davon die Arbeit weg.

Verstehen Sie das nicht? Wer nicht arbeitet, stellt Fragen, auf die wir keine Antwort haben.«
»Aber der Speed. Er ist auf dem Weg zu uns und das ist nicht legal. Das kann nicht legal sein.«
»Genau meine Rede, Maderthaler! Das ist doch krank, dass es legal sein soll, dass alle krank sind. Oder kompliziert. Einfach mal an Krebs sterben statt arbeiten gehen. Das kann sich ein modernes Unternehmen nicht leisten und ein Staat sowieso nicht. Den Krebs. Wo kommen wir da hin. Wir von der SPD verlangen darum schärfere Kontrollen. Ob es denn überhaupt Krebs ist. Es kann doch nicht jede Wucherung behaupten, Krebs zu sein. Wir müssen es als Normalfall der Natur begreifen, dass einige einfach schon mit 30 sterben. Das war früher auch so. Als es noch nichts zu fressen gab. Die Amerikaner können ja nicht jeden erschießen. Auch wenn das eine sichere und demokratische Welt zur Folge hätte.

Jetzt im Überfluss sollen wir plötzlich dafür aufkommen, dass da welche nicht mehr weiterarbeiten können bis 85. Es ist unsere Aufgabe als Sozialdemokraten, weil die Liberalen das nie durchbekämen, nicht mehr jeden Krebs als Krebs anzuerkennen. Im Grunde ist es ja eine Form von Freitod durch Konsum. Wegen des Giftes in den Lebensmitteln und den unterdrückten, inneren Konflikten. Wer heute einen Apfel kauft, muss eigentlich schon eine Steuer zahlen für den Freitod, weil der Apfel gespritzt wurde. Das ist nur logisch. Sonst geht uns ja das ganze Sozialsystem den Bach runter und dann haben wir alle keine Jobs mehr, Maderthaler! Die Sozialdemokraten zerstören das Sozialsystem, während die Konservativen die Wirtschaft vernichten. Das kaufen uns die Leute immer ab, weil das ja überhaupt nicht logisch ist. Immer freundlich lächeln beim Kunden und weiter machen. Das ist meine Devise.

Wie sollen wir denn der Verkäuferin vom Aldi, die für drei Euro die Stunde arbeitet, erklären, dass wir für ihre Rechte kämpfen, wenn wir die Krebstoten nicht zur Rechenschaft ziehen, die einfach blau machen? Und Sie mit ihrer giftigen Cola wollen doch auch Umsatz machen. Ist ja richtig so. Damit Sie Steuern zahlen können. Vorbildlich. Deswegen müssen die Freitod-Krebsler eben zahlen. Sollen doch deren Verwandte zahlen! Für die Ausfälle. Die haben denen ja nicht gesagt, dass Sie sich das Gift nicht reinstopfen sollen! Darum sind die mitschuld. In der Familie sorgt man sich doch umeinander. Liebe ist Pflicht und darum zahlen auch die Verwandten für den Freitod-Krebsler. Meine Meinung, Maderthaler!

Schuld sind die mit dem schlechten Erbgut, weil sie den Genmais nicht vertragen. Was kann denn Monsanto dafür, dass die Leute einen derart schlechten Genpool haben?

Sollen doch die mit dem schlechten Genpool auch höhere Schulgebüren zahlen, weil die früher abkratzen, weil sie beispielsweise Ihre Limo nicht vertragen. Rein fachlich gesprochen ist das nur vernünftig und wissenschaftlich abgesichert. Und überhaupt in der EU braucht es den Österreicher oder den Belgier eigentlich nicht mehr. Wenn es nur noch eine Handvoll Nahrungsmittelproduzenten gibt, muss die Bevölkerung sich eben denen anpassen, rein biologisch. Natürliche Auslese. Wer nach dem Besuch bei Aldi oder im Kaiserssupermarkt eine Allergie bekommt, gehört zu einer aussterbenden Art.

Krebs ist jetzt so häufig geworden, dass wir mit der Krebssteuer die Mehrwertsteuer glatt ersetzen könnten.

Ich bin für hart durchgreifen. Wir tragen schließlich die Verantwortung.

Die Leute sind ja selbst schuld. Wir übernehmen hier die Verantwortung. Nicht der Speed und diese Verrückten. Wir kümmern uns um alles und dann kommt der und will, dass wir mit ihm Mitgefühl haben und Händchen halten, während er uns bedroht. Was ist das denn für eine Beziehung?«

»Aber der Speed kommt«, brüllte Maderthaler ins Telefon.

»Machen Sie sich mal um den keine Sorgen, Maderthaler. Er hat kein Produkt. Womit will er uns denn angreifen? Mit einem Fragezeichen? Das Leben muss weitergehen. Die Leute wollen was Konkretes und wenn es sie umbringt, ist ihnen das noch allemal lieber als allein zu sein mit ihrem Innenleben. Die Leute sind eben so. Ich werd mich mit 60 erschießen, mit einer Flasche Whiskey in der Hand und der Musik von Curt Cobain im Hintergrund. Darüber werden sie in der Zeitung schreiben. Das ist Unsterblichkeit. Tun, was von einem erwartet wird, im Dienst an der Menschheit. Was denken Sie, wie gut das meinem CO_2 Footprint tut? Vielleicht kann meine Familie dann noch ein zweites Auto haben oder ein halbes Kind. Ich bin ein guter Mensch. Ich mache alles richtig. Wir haben auch einen Social Responsiblity Report vorzuweisen.«

»Aber er sucht einen tieferen Sinn in Red Bull.«

Nachdenkliche Stille am anderen Ende.

»Das, mein lieber Freund, wird vermutlich Ihr Ende sein. Keine Marketingabteilung der Welt kann die Frage nach dem tieferen Sinn ihrer Marke beantworten. Das ist der Tod jedes modernen Produktes.

Macht nichts, Maderthaler!

Sie müssen sich einfach eine gigantische Lüge ausdenken und diese mit einem Lächeln vertreten, als wäre es selbstverständlich. Das ist am glaubwürdigsten. Behaupten Sie doch einfach, dass Red Bull der CIA gehört. Dann können Sie dem Speed öffentlich vorwerfen, dass er die ganze Zeit nur aufdecken will, dass Red Bull zum Einschläfern eines Großteils der Bevölkerung entwickelt wurde. In geheimen CIA Labors. Das glaubt dann natürlich niemand, weil das Zeug ja wach macht und dann werden sie über den Speed lachen und Sie sind fein raus.«
»Das ist brillant«, schrie Maderthaler begeistert. »Das könnte klappen.«
»Im Anschluss müssen Sie die öffentliche Diskussion nur dorthin lenken, dass nur noch über das Verhindern von beunruhigenden Fragen als Gesundheitsvorsorge diskutiert wird. Dafür braucht es Standards und klare Regeln. Wenn dann der Speed kommt, können Sie sagen, dass Sie nichts gegen freie Meinungsäußerung haben, aber dies dürfe nicht zu weiteren Krebstoten führen, weshalb Speed seine Absichten zunächst von einem Amtsarzt genehmigen lassen muss.«
»Großartig, woher wissen Sie nur all diese Dinge?«
»Wir von der SPD beherrschen das Framing perfekt. Wie glauben Sie, hätten wir sonst Hartz IV durchbekommen? Über Grundrechte redet niemand mehr, wenn der Hungertod und die Armut nun auf der Ebene von faul oder fleißig diskutiert werden. Im Zweifel ist das Opfer immer selbst schuld, weil es ja zum Zeitpunkt des Todes keinem Job nachging, was immer suspekt ist.«

Episode 9: Bittere Wahrheiten

1

»Darf ich um Ihre Aufmerksamkeit bitten«, rief Frau Müller-Franz. Draußen vor dem Bus waren wieder all diese Leute. Manche prügelten sich mit Beamten.
»Wenn Sie mir bitte zuhören möchten!«
»Aber da draußen. Sehen Sie es denn nicht«, fragte einer der Mitreisenden.

Sie lächelte freundlich und fuhr unbeirrt fort: »Sie als Teilnehmer von ‚Kunst trifft Wirtschaft', können sich glücklich schätzen ...«

Endlich hatte man einen Begriff und einen Rahmen für unser Tun gefunden und glaubte aus der Sache raus zu sein. Jetzt war alles klar. Es handelte sich um eine Kunstaktion.

»Hört, hört«, unterbrach Dr. Frank, um sich anschließend gleich wieder zu setzen wie ein auffälliges Schulkind, welches man mit Blicken zurechtweisen konnte. Jane war als Friseuse in die Künstlersozialkasse gerutscht und Dr. Frank sah aus wie ein russischer Künstler, während ich nur manchmal so tat, als wäre ich Künstler. Für das Amt war die Sache klar. Der Bus musste ja gefüllt werden und so bekam das Ganze für sie wieder einen Sinn. Künstler auf dem Weg zu einem

Unternehmen, um dort zu lernen, wie man mit Geld umgeht und richtig arbeitet.

Frau Müller-Franz fuhr fort: »Trotz der großen Herausforderung ist es mir gelungen, diese Reise finanziert zu bekommen. Besonders die Kunstfreiheit liegt uns am Herzen und die schwierige Lebenssituation von Kulturschaffenden. Die Bevölkerung ist überaus solidarisch mit Ihnen und findet diese Ausgaben sehr sinnvoll. Haben alle diese Erklärung unterschrieben?«

In dem Moment flogen wieder Eier gegen die Windschutzscheibe. Es war wie Bürgerkrieg.

Ich stand auf: »Frau Müller-Franz! Den Punkt 12.4 verstehe ich nicht ganz. Ist das nicht ein Zitat aus der britischen BBC Serie »Fawlty Towers«? »Don´t mention the war!« Was soll das bedeuten, wir sollen den Krieg nicht erwähnen? Und wussten Sie, dass der Krieg eigentlich eine Marketingstrategie von Mars ist?«

»Vom Mars«, unterbrach die Kettler, eine blonde Musikerin, Universitätsdozentin, Alpakawollverspinnerin und Genie aus Berlin, begeistert.

»Nein, vom Schokoriegel, Blondie! Mars macht mobil! Der Gott des Krieges.«

Dr. Frank war amüsiert von diesem Vergleich.

Müller-Franz verdrehte die Augen und wandte sich flüsternd dem Fotografen von der Presse zu: »Versuchen Sie ein nettes Foto von denen zu machen und dann nichts wie raus hier! Wer mit seiner Kunst nichts verdient, muss akzeptieren, dass es darum geht, sich einen anständigen Beruf zu suchen. Dumme Sache mit der Kundenfreundlichkeit. Manche Menschen werden dadurch einfach unrealistisch.«

Sie lächelte wieder, wünschte uns noch eine schöne Fahrt, bei der wir viel übers Arbeitengehen lernen würden und stieg gemeinsam mit dem Typ von der Presse aus.

»Kopf hoch! Wir vom Jobcenter glauben an Sie! Und vergessen Sie nicht den Speed und den Herrn aus Rumänien später mit der Europafahne zu fotografieren. Sonst müssen wir die EU-Gelder rückerstatten.«

Lärm. Plötzlich. Hektische Unruhe. Wir müssen los. Der Fahrer drängte. Rocko lief nun schneller. Wir waren auf der Flucht. Die Kamera wackelte.

»Ich wusste überhaupt nicht, dass das österreichische Fernsehen die Aktion begleitet«, sagte Frau Müller-Franz verunsichert und duckte sich hinter einer Tonne, während alle rasch ihre Sachen packten.
»Wir sind immer dabei.«
»Wann wird der Beitrag gesendet?«
»Es ist eine Reality TV Serie. Das wissen Sie doch? Übrigens finde ich, dass Sie Ihre Rolle als Beamtin glaubwürdig darstellen.«
Geschmeichelt erklärte sie: »Man hat es nicht leicht, wenn man vom Amt kommt. Die Menschen mögen einen nicht.«
»Das ist großartig, wie Sie das sagen. Dieser innere Konflikt. Ausdrucksstark«, analysierte Rocko und sie fragte höflich, aber bestimmt: »Haben Sie eigentlich eine Drehgenehmigung?«
»Der war gut«, sagte Rocko und lachte dreckig.
Frau Müller-Franz blickte irritiert in die Kamera und dann wieder zu Christine. Hinter ihr brannte ein Auto.
»Diese Kreativen sind alle wahnsinnig. Das habe ich immer gesagt. Wenn man die mal fünf Minuten aus den Augen lässt, entwickeln die glatt eine bessere Gesellschaft aus reiner Langeweile. Darum muss man die beschäftigen«, begann sie mit dem Mann von der Presse zu diskutieren, während sie zu ihrem Auto zurücklief.
Es flogen wieder Eier und Flaschen.
Feuer. Schreie. Liebe. Sex.

Irgendwann waren wir wieder uns selbst überlassen und die eigene Wahrnehmung der Geschehnisse kehrte zurück. Tage vergingen. Wochen in denen das Chaos übers Land zog.

2

Nach einiger Zeit kehrte wieder Frieden ein. Ich hatte jedes Zeitgefühl verloren und somit fand ich mich wieder an einem neuen Ort. Es war angenehm und ich fühlte mich geborgen.

Diese kleinen Wohnzimmer mochte ich besonders. Sie besaßen etwas von Höhlen. Helena hätten sie bestimmt gefallen. Darin konnte man eine ganze Weile sitzen, ohne bemerkt zu werden. Manchmal saß ich auch zwei, drei Stunden auf einer der Ausstellungstoiletten, weil diese oft noch verwinkelter waren und man dort in Ruhe auf dem Klodeckel sitzend ein ganzes Buch lesen konnte, ohne dass jemand einen dabei störte. Glücklicherweise gab es in Berlin sechs Ikea Filialen und in Deutschland und Österreich gefühlt hunderte. Wenn ich meine Aufenthalte gut aufteilte, konnte ich mehrere Monate bei Ikea leben, ohne dass mich Mitarbeiter erkannten. Wir machten unsere Lagebesprechungen oft bei Ikea. Die ganze Welt bestand aus Ikea. Ikea war eine wahr gewordene Utopie. Eine Welt ohne Konflikte.

Irgendwann, das dachte ich, würden die anderen Menschen auch erkennen, dass es viel einfacher wäre, gleich bei Ikea einzuziehen, statt immerzu die Möbel da raus zu schaffen.

»Sie weiten Ihre Arbeit auf andere Firmen aus?«, fragte mich der Journalist, als wir viele Monate später in einem Café saßen. Er schien nicht glücklich zu sein. Noch immer versuchte er etwas zu verstehen, was er den Leuten verkaufen konnte.

»Ich warte auf Helenas Rückkehr«, erklärte ich.

»Aber Sie waren noch immer auf dem Weg nach Fuschl. Sie hatten mit dem Faschismus große Erfolge gefeiert. Viele Menschen probierten diesen bei sich im Unternehmen aus, um wieder eine Beziehung zu sich selbst aufzubauen und erstmals ihre eigenen, wahren Gefühle zu entdecken. Ihre Wut und Frustration konnte erstmals angesprochen werden. Und dann zogen Sie sich zurück. Es kam ganz plötzlich.«

»Es gab diesen Vorfall, der alles schlagartig veränderte.«

Ich fuhr fort von unseren Erlebnissen bei Ikea zu erzählen.

»Wie findest du das Sofa? Ich finde, es sitzt sich auf dem Ektorp besser als auf dem Karlstad«, meinte ich zur Kettler.

»Wann legen wir endlich die Arbeitsministerin von der Leyen um?«, unterbrach uns ein Typ vom Ikea Lager.

Wir sahen ihn verwundert an.

»Das ist eine legitime Frage«, sagte ich. »Ich finde, dazu haben wir aktuell keine klare Position. Was wohl daran liegt, dass wir in diesem Moment gerade nicht unterdrückt werden. Wir die ganze Breite der Existenz eben nur leben können, wenn wir nicht permanent der Ansicht sind in einer Diktatur zu leben. Schließlich ist Ihre Diktatur nicht meine Diktatur.«

»War das der Vorfall? Der Plan, die Ministerin zu ermorden. Aus Notwehr?«, fragte er und bestellte sich noch einen Kaffee. Ich verneinte.

»Wie Sie selbst erlebt haben, hatten wir die Hoffnung, uns selbst zu finden und nicht nur Marionetten jener Krise zu sein, die uns in den Medien verkauft wurde. In Russland, im Nahen Osten. Der NSA Skandal. Der Zusammenbruch der Börsen. Es hat uns bescheiden gemacht und ängstlich. Wir waren uns sicher, nun unsere eigene Krise geschaffen zu haben«, erklärte ich und der Journalist wirkte versöhnlicher als sonst. In dem Kaffee war es ruhig und wir waren praktisch allein. Draußen ging das Leben weiter. Zwei Männer, die gemeinsam viel erlebt hatten und nun bereit waren, sich Zugeständnisse zu machen und sich Respekt zu erweisen. Es war wohl das letzte Interview, welches der Journalist und ich führten.

Irgendwann hatten wir das Gefühl, dass wir uns in die Augen sehen konnten und wussten, wer wir, ich meine, wozu wir geworden waren. Es schienen Wochen, ja Monate in diesem Bus vergangen zu sein.

Schmerzen.

Verzweifelte Versuche.

Jetzt, in diesem Moment, sah ich auf meine dreckigen Hände und empfand Reife. Für eine Woche gehörte Red Bull nur uns. Es war ein Rausch. Eine Party. Ein Abschied.

3

Die Dienerin brachte das Essen und wir setzten uns an diese riesige Tafel. Helena am einen Ende. Ich am anderen. Der Fernseher im Hintergrund lief weiter. Diese leise rieselnde Unruhe ...
»Das ist aufregend«, sagte ich. »Die Bullock. Ich mag die. Sie strahlt etwas Normales aus. Ein netter Mensch, der in diese wilden Situationen gerät und einfach nur mit Freunden und Familie zu Hause auf dem Sofa sitzen und Chips essen will.«
Helena und ich saßen in ihrer Villa, die wir am Set aus Pappe nachgebaut hatten und sahen uns den Hollywoodfilm »Speed« mit Sandra Bullock an, in dem sie einen Bus lenken musste, unter dem eine Bombe hing. Ich starrte auf den Fernseher. Schon zu diesem Zeitpunkt hatte ich diese unheimliche Ahnung.
»Das mit der Bombe. Ich denke die ganze Zeit, wo eigentlich die Bombe abgeblieben ist? Wo nur ist der Krieg?«
»Ja, wo ist jetzt die Bombe«, fragte Dr. Frank lautstark und stand vom Regiesessel auf. Nach einem Moment der Verwirrung machten wir weiter. Da war noch was anderes.
»Wie ist es so, wenn man ein Menschenopfer ist«, fragte ich einfach mal drauf los. »Moment«, unterbrach ich sie, noch bevor sie antworten konnte: »Jetzt kommt gleich die Stelle mit der scharfen Kurve.«
Wir schauten den Film und wie ferngesteuert sagte sie: »Hoffentlich hat Rodenhirsch nicht alle Details verraten. Das wäre mir unangenehm.«
Im Film raste Sandra Bullock auf das Ende der Autobahn zu und Keanu Reeves versuchte die Bombe unter dem Bus zu entschärfen. Da war etwas, was ich noch nicht sehen konnte. Es lag direkt vor mir.

Das Licht des Bildschirms flackerte im Raum. Im Bus kochten die Emotionen und das Drama beherrschte alles. Helena hingegen blickte, als gäbe es nichts mehr, was sie berühren könne. Etwas stimmte nicht.
Schnitt.

Dr. Frank als Helena. Wir saßen vor dem Fernseher und da bekam ich diesen sonderbaren Gesichtsausdruck. Mein Gott! Das konnte doch nicht wahr sein.

Im Off wagte ich es, von inneren Zweifeln getrieben, das Unglaubliche zu formulieren: »In diesem Moment wurde es mir schlagartig bewusst, dass ich vielleicht alles doch nur im Fernsehen gesehen hatte, in »Speed« mit Sandra Bullock und Dennis Hopper. Dieser Film hatte sich in mein Unbewusstes eingeschrieben und ich lebte den Hollywoodblockbuster nach, als eigene Realität. Ich zwang alle dabei mitzumachen. Bullock oder Bull-OK. Is the bull OK?«

Ich konnte nicht aufhören, mir diese Frage zu stellen. War das die Botschaft? War es etwa nie um Red Bull oder die Gesellschaft gegangen, gar um den Faschismus? Gab es keine verborgene Ordnung in der Welt?

Versuchte unser Inneres, sich die ganze Zeit nur an dem Thriller »Speed« aus dem Jahr 1994, zu orientieren?

4

X springt vom Schreibtisch auf.
»Verdammt. Der Film.«
Er reißt die Schublade auf und zieht eine DVD mit der Aufschrift SPEED und ein Bild von Bullock im Bus hervor. Daneben liegt eine Dose Red Bull.
»Ich bin nicht wahnsinnig«, schreit er und seine Kollegen blicken irritiert. Nun kann er doch im Jobcenter bleiben. Er tanzt wild um den Tisch herum, wirft Aktenblätter durch die Gegend.

5

Der Journalist legte nun den Stift beiseite und fragte erschüttert: »Sie stellten fest, dass alles, die ganze Reise völlig umsonst war, dass es nie darum ging, die Gesellschaft zu verändern, sondern diese große Idee nur dazu diente, das Unbewusste eines Mitarbeiters der Jobagentur zu erhellen, damit dieser einen ausgeliehenen Film rechtzeitig zurückbrachte? Wie konnte es denn danach weiter gehen?«
»Es ging nicht und es ging doch.«
»Aber was ist mit Ihnen und Red Bull? Der Verdacht, dass etwas nicht stimmt. Es gab mir Hoffnung. Vielleicht wäre unsere Situation nicht alternativlos. Sagen Sie schon, dass da mehr ist!«
»Im Kofferraum vom Bus lag tatsächlich die DVD. Wir hatten sie die ganze Zeit dabei, in einer Reisetasche des dicken Chemiestudenten.

Es ist naheliegend, dass wir es unbewusst mitbekommen haben, dass uns dies zusammen mit den tausend Red Bull Dosen, die wir leer getrunken haben, beeinflusst hat.«

Er wollte das nicht akzeptieren und es war ihm deutlich anzusehen, dass er mit sich haderte.
»Wenn ein Zusammenhang da ist, dann ist er da«, sagte ich. »Dann kann ich ihn nicht ignorieren. Ich muss mir treu bleiben.«
»Aber eine Ausnahme, Speed. Können wir keine Ausnahme machen? Wir waren so nah an einer Befreiung aus dem psychologischen Gefängnis des Kapitalismus. Wie waren in diesen Wochen keine Produkte mehr, sondern Menschen mit Zweifeln und mit Schmerzen, die sonst niemand fühlte.«
»Zu welchem Preis? Heute finden wir es cool die Erlösung zu finden, aber was ist morgen? Nein. Ich bleibe mir treu. W i r haben einen Hollywoodstreifen nachgespielt und sind Marionetten ohne eigene Seele. Unsere Emotionen sind austauschbar und ich bin ein Narr. Aber wir folgen jetzt dem

Flow der Geschehnisse. Ich glaube nicht, dass das schlechter ist.«
»Warum entschuldigen Sie sich nicht gleich bei Rodenhirsch und Red Bull«, sagte er enttäuscht: »Für all die Mühe. Dafür, dass Sie diese mit sich selbst unheilvoll verstrickt haben.«
»Nein, es geschieht alles aus einem bestimmten Grund und für diesen tatsächlichen Grund will ich offen sein.«

6

»Ich werde mich nicht an das Steuer des Busses setzen«, schrie Jane damals, als es uns allen klar wurde. »Ich bin doch nicht die Bullock, wie in dem Film.«

Sogar die Rodenhirschs wirkten betroffen, hatten sie doch eben noch ihren Individualismus wiedergefunden. »Alles nur eine Kopie? Dabei hatte ich mir schon mehr erwartet, Speed. Dass Sie uns eine neue Welt offenbaren. Wo ist denn nun die neue Weltordnung?«

Ich sah den einen Rodenhirsch verlegen an und fast schämte ich mich dafür. Niemand wollte sich eingestehen, möglicherweise einem Selbstbetrug aufgesessen zu sein.

»Vielleicht, es wäre doch möglich«, begann ich zu schildern: »Vielleicht ist das, was im Zuseher nun passiert und sei es auch eine Enttäuschung, ein Moment des Aufwachens, als hätte man eine Dose Red Bull getrunken.«

»Hör auf, Speed«, schrie Jane aufgebracht. »Du könntest das ewig behaupten und wieder hätte es eine neue Bedeutung und dann nochmal und höher und komplexer und in der Zwischenzeit haben alle abgedreht, weil auf einem anderen Kanal was Simples, was Lustiges läuft. Es ist vorbei, Speed. Der Mensch ist vielleicht nie dafür geschaffen worden, um in echten Beziehungen und Zusammenhängen zu leben. Wir ertragen es nicht.«

Monatelang sprach niemand von uns darüber. Als wir auseinander gingen, gestand ich mir nicht ein, dass es eine Erleichterung war.

Ich vermisste sie. Doch jetzt konnte ich endlich selbst nach Helena suchen. Nach meiner Helena.

7

Am ersten Jahrestag der Befreiung von Walter erhielt ich eine Nachricht aus Fuschl. Dieser Tag erschien mir grau und realistisch. Als wäre unsere Reise ein verblasster Moment der Vergangenheit und wir wären wieder zur Alltagswirklichkeit zurückgekehrt.
»Wir möchten uns gerne mit Ihnen treffen, Herr Speed! Wo sind Sie denn«, fragte eine Männerstimme am Telefon.
»Im Moment in Wien«, antwortete ich.
»Das ist großartig«, sagte er. »Wir wollten eigentlich den Jet nach New York nehmen, aber jetzt drehen wir einfach um und kommen zu Ihnen. Beinahe hätten wir das Flugzeug verpasst. Lassen Sie uns im Café Landmann treffen. Gleich morgen Vormittag?«
Ich willigte ein.
»Sie sind ein netter Mensch«, sagte der als Kulturbeauftragter getarnte Jurist, als wir uns an einem Donnerstag in Wien trafen, um davon abzulenken, dass es einen moralischen Konflikt in seinem Auftrag gab, als mir der Kellner gerade eine Sachertorte brachte.

Was es wohl mit ihm machte, dass ich ein netter Mensch war?

Weil ich doch harmlos aussah und alle dachten, ich wollte die Welt verbessern. Die PR Abteilung war wohl ratlos und sah keine Möglichkeit mehr, mich als böse zu stilisieren.

Ich wäre irgendwie lustig, betonte der Dickere, der selbst etwas jugendlich Freches an sich hatte. Der Ältere, etwas hager, hörte nur zu, als wäre »Zeuge« sein Job und er selbst von Berufswegen ein Mikrofon, welches einfach konspirativ mit dabei saß, innerlich Paragrafen blätternd, während ich erzählte, was ich vorhatte.

»Sagen Sie mal, ganz unter uns, das war doch alles eine Inszenierung, oder? Sie wollten doch nicht wirklich einen Stier töten«, sagte der Freche, was dem Langen offenbar nicht gefiel, weil in dem Begriff »Inszenierung« so etwas wie »Spielerei« steckte und allein die Anreise der beiden vermutlich bereits eine stattliche Summe verschlungen hatte.

Es folgten eine Reihe von juristisch sinnvollen Fragen und man gewann den Eindruck eines schwerfälligen Apparates im Hintergrund. Als ginge es gerade um ein Milliardenprojekt, während da aber dieser Mann saß, den sie nicht zu fassen bekamen.

»Warum wollten Sie den Spaßvogel Stefan Raab einladen? Das habe ich nicht verstanden«, äußerte Schmand, als wäre er jetzt Kulturkritiker.

»Vielleicht war das ein Fehler«, sagte ich nachdenklich und deprimiert, während ich unauthenisch lächelte, als sei ich eine Witzfigur. »Vielleicht war alles ein Fehler.«

Tatsächlich hatte ich kurz überlegt, den deutschen Showmaster Raab, der Metzger gelernt und einst meiner Ex-Frau ein Ständchen gesungen hatte, einzuladen, weil ich von der Nähe meines Vorhabens zu den Wiener Aktionisten genervt war und das Ganze aus der Kunstecke herauslösen wollte.

»Das ist aber ungewöhnlich, für einen Künstler, einen Fehler zuzugeben«, sagte Schmand süffisant lächelnd.

»Ja, Sie haben Recht, ich bin schwach und vielleicht bin ich gar kein richtiger Künstler«, sagte ich, um gleich zu ergänzen: »Ich denke es ist richtig Red Bull komplett umzubauen. Die Menschen sind jetzt offen für einen radikalen Schritt! Für radikale Beziehungsfähigkeit. Ich habe das Recht gehört zu werden. Ihre Dosen sind überall und es ist nicht richtig, dass nur sie die Welt gestalten und wir uns fügen müssen«, sagte ich fordernd, was den Herren ernste Mienen in die Gesichter trieb.

Man könnte mir eine Kunstförderung anbieten. Red Bull tat sehr viel für die Kunst und in ca. drei Jahren würde über den nächsten Etat entschieden.

»Das ist großzügig«, sagte ich: »Aber ich finanziere das, was es braucht, damit wir einander näher kommen können, lieber selbst. In diesem Moment habe ich 50 Euro und mit diesen habe ich immerhin einen Teil des Benzingeldes von Jane bezahlt. Eine Friseuse aus Königs Wusterhausen, die eigentlich das Projekt sponsert, indem sie schwarz anderen Leuten die Haare schneidet. Und dann ist da ja noch das Arbeitsamt. Man kann ja nicht von einem Unternehmen erwarten, dass es jene Dinge leistet, die einzelne Menschen zu vollbringen in der Lage sind.«

»Außerdem geht es ja darum den Faschismus aufzuhalten.«

»Wie bitte?«, fragte Schmand verwirrt. Sie hatten gehofft, dass ich dieses Wort nicht mehr benutzen wollte, waren von einer anderen Abteilung deswegen gewarnt worden. Es hatte da wohl schon einen Briefverkehr gegeben.

»Der Faschismus. Sie wollen sich doch nicht gegen eine Aktion gegen den Faschismus stellen«, sagte ich.

»Natürlich nicht. Das müssen Sie mir nochmal genauer erklären.«

Dass dies völlig offensichtlich sei, betonte ich. Wolf Lotter von der Zeitschrift Brandeins meinte eine Woche zuvor am Telefon, ich hätte vollkommen Recht damit, dass der Mensch sich der Marken bemächtigen sollte, nur nicht prinzipiell, warf der Lotter ein, weil das ja dann rasch Sozialismus sei oder so ähnlich. Später hatte ich dem Lotter geschrieben, dass ich mit 99 Prostituierten ein Manifest über den Sinn der Werbung verfassen wollte. Seit dem hatte ich nichts mehr von ihm gehört, wäre aber zuversichtlich Brandeins brächte schon bald einen Artikel über die Vorgänge und warum der Stier bereits tot ist.

»Der Stier ist schon tot?«, fragte Schmand und sein Begleiter wurde von Minute zu Minute blasser.

»Machen Sie sich keine Sorgen«, sagte ich. »Glücklicherweise bin ich kein verrückter Künstler, sondern ein einfacher Bürger. Man könnte sagen, ich bin ein Kunde von Ihnen. Übrigens, was ich schon die ganze Zeit sagen wollte: Red Bull wirkt überhaupt nicht. Ich merke keinerlei Unterschied. Ich fühle mich völlig normal.«

Das machte Ihnen Angst. Einige Tage später erhielt ich erneut Nachricht. Man überlege mich wegen Nötigung und Erpressung zu verklagen. Herr Mateschitz und ein paar andere waren allerdings daran interessiert mehr zu erfahren, erklärte Schmand, als würde mich das beeindrucken, als wäre es ein Hinweis, dass man mir vielleicht einen Job anbieten könnte, möglicherweise als Test, ob dies mein Verhalten veränderte. »Ich will doch nur mit Ihnen über unsere Beziehung sprechen«, sagte ich, aber niemand rief zurück.

8

Schließlich stellte der Journalist eine letzte Frage. Wir hatten uns bei Jane getroffen. Er kam als Freund. Ohne Aufnahmegerät und ohne seinen Notizblock. Er atmete tief durch. Offensichtlich hatte er sich lange darauf vorbereitet.

»Wie ist Helena gestorben?«

Seine Frage durchbohrte mich, denn nie hätte ich damit gerechnet, dass er es die ganze Zeit wusste. Mit ruhig gefasster Stimme sagte ich: »Es war völlig sinnlos. Ich konnte nichts dagegen tun. Ein Unfall, mit dem Auto.«

Dann blieb ein Moment der Irritation. Wenn es eine persönliche Wahrheit gibt, erschliesst und verändert diese doch nicht zugleich die ganze Welt? Oder ist es genau das, worum es nun geht? Ich kam mir dumm vor, dass ich deswegen Red Bull bedrohte. Dass ich mir diese Bedeutung gab.

»Sie zeigt sich. Sie zeigt sich schon die ganze Zeit und wir haben es nicht gesehen«, sagte er und kam mir zum ersten Mal nah: »Europa wird es verstehen. Was wir wollten. Was wir getan haben. Wir sind zu ihr geworden.«

9

Es war ein Donnerstag, als ich in Fuschl eintraf. Es müssen an die fünfzigtausend Menschen gewesen sein. Männer, Frauen und Kinder. Helena war auch da und Dr. Frank, Jane und Igor. »Ist das Sandra Bullock?«, fragte ich Dr. Frank erstaunt und er nickte. Sie gab den Leuten die Hand und sagte immerzu, dass es OK wäre.

Viele brachten den Helenas Blumen und waren erstaunt, dass so viele gekommen waren.

Der dicke Chemiestudent führte den Bullen. Ein kräftiger Bursche mit dunkelbraunem Fell und Flecken in Form europäischer Länder und Kontinente. Wir halfen Helena hoch. Sie nahm die Zügel und rief: »Was für ein süßer, kleiner Moloch! Seht her und begreift ihn selbst! Das alles sind wir und noch viel mehr.«
Hunderte Hände betatschten den Stier.

Ich werde das alles nie ganz verstehen. Für einen Moment war es ganz still in Janes dunkler Küche.

Nachwort über den Autor

Der 1973 geborene britisch-österreichische Künstler, Filmemacher und Schriftsteller Timothy Speed erfuhr erst 10 Jahre nach der Veröffentlichung dieses Romans, dass er Autist ist. Nicht zuletzt führte der Konflikt zwischen neurotypischem und neurodivergentem Denken dazu, dass der Roman damals nicht, wie zunächst geplant, beim S.Fischer Verlag veröffentlicht wurde. In einer Unterredung mit dem Verlagslektor und der feministischen Autorin Sylvia Bovenschen, in ihrer Wohnung in Berlin, konnte und wollte sich Speed den Erwartungen neurotypischer Literatur nicht anpassen. Er beharrte auf seine spezielle Perspektive.
Speeds Roman „Stieren des Weltdesigners" ist mehr als nur ein Roman; er ist ein Manifest, ein Kunstwerk, das die aktuellen Krisen unserer Zeit auf eine einzigartige und provokante Weise reflektiert und kritisiert. Speed verwendet literarische Mittel, um die tiefgreifenden ökonomischen, sozialen und politischen Probleme der Modernen und Postmoderne zu veranschaulichen und alternative Lösungsansätze anzuregen.
Speed wollte mit seinem Roman nicht nur die vielen Missstände unserer Zeit sichtbar machen, sondern auch ein neues Verständnis von Realität, Arbeit und gesellschaftlicher Gestaltung anregen. Er kritisiert die dominierende Logik des Kapitalismus und seine menschlichen Auswirkungen und entwickelt ein alternatives Modell selbstbestimmter Arbeit und einer auf Diversität basierenden Ökonomie.
Literarisch lässt sich „Stieren des Weltdesigners" schwer in etablierte Genres einordnen. Er verbindet Elemente des

Romans, der Essayistik, des Theaterstücks und des Films. Der Roman ist ein Beispiel für eine »provozierte Empirie« und setzt die persönliche Erfahrung Speeds mit Armut und ökonomischer Ungerechtigkeit in einen breiten politischen und sozialen Kontext. Er ist zugleich eine Autobiografie, ein Manifest und eine Satire.

Das Besondere an Speeds Roman ist seine außergewöhnliche Verbindung von persönlicher Erfahrung, literarischem Ausdruck, politischer Aussage und methodischer Innovation. Er verwendet literarische Mittel, um die vielen Zusammenhänge zwischen ökonomischen, sozialen und politischen Systemen sichtbar zu machen, und lebt seine eigenen Erfahrungen als künstlerischen Akt und Forschungsansatz vor. Er bricht mit traditionellen Genre-Grenzen und verwendet eine provokative und unkonventionelle Sprache, um die vielen Leser zu irritieren und sie zu einem neuen Verständnis von Realität und gesellschaftlicher Gestaltung anzuregen. Der Roman ist keineswegs leicht zu lesen, und dies ist auch nicht seine Absicht. Er fordert eine aktive Beteiligung des Lesers und lässt keinen Platz für einfache Antworten oder Lösungen.

„Stieren des Weltdesigners" ist in der aktuellen Zeit besonders relevant, da er die vielen Krisen unserer Zeit auf eine tiefgreifende Weise reflektiert und alternative Lösungsansätze anregt. Seine Kritik am Kapitalismus, seine Forderung nach selbstbestimmter Arbeit und seine Betrachtung der komplexen Beziehungen zwischen Individuum und Gesellschaft bieten wichtige Impulse für die Debatte über die Zukunft von Arbeit, Wohlstand und sozialer Gerechtigkeit. Der Roman ist eine Mahnung, sich der vielen Verstrickungen und der vielen Missstände in unseren Gesellschaften bewusst zu werden und für eine veränderte Haltung gegenüber Realität und Menschlichkeit einzutreten.

Viele Jahre hat Speed die inneren Mechanismen von kreativen und freien Gesellschaftsordnungen untersucht und entwickelte 2003 in dem Buch »Gesellschaft ohne Vertrauen«

eine eigene Theorie dazu, wie die Teilhabe vielfältiger, kritischer, unangepasster Menschen in einem System gefördert werden kann und weshalb dies für die Realitätskompetenz und Entwicklungsfähigkeit einer Gesellschaft entscheidend ist. Er zählt zu den Pionieren im Bereich der »systemkreativen«, sowie eines erweiterten Forschungsverständnisses, im Sinne des Artistic Research, oder des Creative Maladjustment.

In seinen Ansätzen wird die Gesellschaft nicht mehr aus von Institutionen und Privilegierten gesteuerten, halbbewussten, politischen Ritualen gestaltet, sondern in individuellen Prozessen ergründet und umfangreich diskutiert. Die Bedeutung kreativer und systemischer Intelligenz wird erlebbar. Dafür braucht es laut Speed IndividualistInnen und Menschen, die sich subjektiven und inneren Impulsen hingeben, welche die Strukturen auf der Werte-, Wissens- oder Identitätsebene, durch neue Perspektiven oder Irritation ausreichend destabilisieren, um Entwicklung und echte, demokratische Prozesse zu fördern. Darum spricht er von einem Recht auf Krise und fordert ein positives Verständnis von abweichendem Verhalten, um komplexere Ordnungen entstehen zu lassen.

Wirtschaftswachstum tauscht er gegen Gestaltungskraft, weil die Frage, was Menschen individuell im Leben gestalten können, mehr über den realen Wohlstand in einer Gesellschaft aussagt und negative Erfahrungen nicht entwertet, sondern integriert. Bereits im Jahr 2000 analysierte er in »Verdammt Sexy« die Probleme für Wirtschaft und Gesellschaft, die aus zu viel Konformismus und Zwang zum Harmlosen und Glücklichen resultieren. Mit dem amerikanischen Medienforscher Neil Postman diskutierte er die Frage, mit welchem Recht die Medienmacher die Realität gestalten.

Aus diesen Überlegungen heraus versuchte Speed 2010 selbst beauftragt, als Künstler das Unternehmen Red Bull umzugestalten. Er drohte vor der Zentrale in Fuschl einen Stier zu töten, um einen subjektiven Prozess auszulösen, in dem die Beziehung zwischen Unternehmen und Mensch neu

verhandelt werden sollte. Er wollte sehen, was passiert, wenn ein Individuum sich mit allen Aspekten der eigenen Persönlichkeit in die Wirtschaft einbringt, diese komplizierter, komplexer, vielfältiger macht und sich zugleich im Dienst der Innovations- und Realitätskompetenz weigert, ein geschmeidiges, ein einordenbares Produkt zu werden. Weil er in der subjektiven Differenz, im Nicht- oder Missverstehen, im unangepassten Verhalten, die Chance der Erweiterung der Existenz und der Lebenswirklichkeiten sieht.
Zitat Speed: »*Für eine Woche waren die Leute bei Red Bull gespalten. Sie wussten nicht, ob sie als Mensch oder als Funktion auf mein Handeln reagieren sollten. Ich hatte das Gefühl, dass der Mensch in ihnen mit mir den Stier töten wollte, während der Anwalt, der Milliardär, der Manager, der aus ihnen sprach, dies um jeden Preis verhindern musste. In dieser Woche gehörte das Unternehmen allein dem an der Welt zweifelnden Menschen. Der Gewissheit, dass jeder von uns einen Konzern bezwingen, gestalten und verändern kann.*«
In einer Welt, in der sich Firmen durch einseitige Kommunikation in der Werbung und hierarchischen Machtstrukturen dem Bewusstwerden jener Verstrickungen, jener verborgenen Zusammenhänge, jener Auswirkungen verweigern, an denen immer mehr Menschen leiden, kann Arbeit, Staat und Gesellschaft vom Persönlichen nicht mehr getrennt werden, ist alles mit allem in Beziehung. Hier lebt Speed eine Form radikaler Beziehungsfähigkeit mit der Gesellschaft und den Unternehmen und stellt sich den sensiblen Wahrnehmungen, dem persönlichen Schmerz. Dabei entstehen neue Lebensräume aus subjektiver Kommunikation, in Welten kommerzieller Gleichschaltung. Für ihn ist dies die Grundlage innovativer Wertschöpfung, Authentizität und Menschlichkeit. Somit wird durch die eigene Sperrigkeit mehr Entwicklungspotenzial in der Wirtschaft vorgelebt und dient so als Grundlage neuer Märkte. Speed forderte den Konzern heraus, sich durch den Menschen hindurch komplexeren und freieren Ordnungen, Weltbildern, Möglichkeiten zu stellen.

Er zeigt, wie Prozesse richtig umgesetzt werden, damit beispielsweise auch die einzelne Person im individuellen Schmerz sein darf, sich nicht in der Anpassung, als innovative und die Wirklichkeit reflektierende Ressource selbst zerstört und daraus neue Bedürfnisse und Märkte nicht entstehen können, die sich in einem bewussten Zusammenspiel zwischen Individuum, Struktur und Umwelt herausbilden würden. Das aber benötigt Zeit und Raum. Eine Verantwortung, der wir uns stellen müssen, wollen wir nicht die Krisen der Vergangenheit wiederholen oder zwanghaft an jetzt schon nicht mehr funktionierenden Strukturen festhalten.
Später schrieb Speed den Roman »Stieren des Weltdesigners«, in dem eine Gruppe von Individualisten in einem Bus zu Red Bull fahren, um selbst zur Krise zu werden.
Damit sie wieder selbstbestimmt ihr Leben gestalten können, sich durch sie hindurch eine komplexere, vielfältigere Ordnung ausdrücken kann, in der auch Probleme sichtbar und Beziehungen gestaltbar werden. **Sie eben nicht in** Kommerzwelten ihre Integrität verlieren und von einer vermeintlichen Krise vor sich hergetrieben werden. 2014 wurde der Roman ohne Zustimmung des Autors und vermutlich aus Angst vor Red Bull vom Verlag zensiert und vom Markt genommen.
Da Speed mit seiner eigenen Existenz versuchte, eine neue ArbeiterIn vorzuleben, die sich der Simplifizierung und Effizienzsteigerung verweigert, um die Zerstörung der Vielfalt zu stoppen, war es nur logisch, dass er dabei pleiteging und somit auch für den Staat zu positivem Sand im Getriebe wurde. Vom Arbeitsamt schikaniert und völlig verarmt, schrieb er den Essay »Stärke in der Armut«, in dem er die zweifelhaften Hartz-IV-Gesetze im Namen der Kunstfreiheit aushebelte und seinen fehlenden Gehorsam für ein Wirtschaftsförderungsprogramm erklärte. Damit brachte er die amtierende Ministerin Andrea Nahles in Bedrängnis und gab den Armen eine Wirtschaftskompetenz zurück, die ihnen strukturell in der Armut genommen wird.

Der Vizepräsident des Europaparlaments und somit der ranghöchste Österreicher in Brüssel, Othmar Karas ließ über sein Büro ausrichten: »*Herr Mag. Karas schätzt Ihren Text sehr, da Sie versuchen ein Verständnis bzw. ein Bewusstsein für Ihre Situation und die von vielen anderen, zu schaffen. Besonders den Aspekt – die volkswirtschaftliche Verantwortung und Wertschöpfung aus einem ganz anderen Gesichtspunkt heraus zu beobachten, ist ihm ins Auge gefallen…*«

Die österreichische Armutskonferenz hingegen lehnte sein Buch ab und verweigerte dem Künstler den konstruktiven Dialog: »*Wir haben Ihr Buch gelesen, der Inhalt, das Ziel entspricht nicht unserem Zugang von Armutsbekämpfung, wir können es daher nicht empfehlen und werden es folglich auch nicht in unserem Newsletter rezensieren.*«

Speed zählt zu den wichtigen Querdenkern einer neuen Ökonomie und integrierenden Gesellschaftsgestaltung. Ja, eines mutigen und kreativen Menschen, der die Krise nicht scheut. Die NGO »Dropping Knowledge« lud ihn 2006, gemeinsam mit bedeutenden Intellektuellen wie Wim Wenders, Hans-Peter Dürr, Jonathan Meese, Masuma Bibi Russel oder Bianca Jagger, an den größten runden Tisch der Welt ein, um die 100 bedeutendsten Fragen der Menschheit zu beantworten.

Eine Zeit arbeitete er für die Organisation des amerikanischen Präsidentenberaters Don Edward Beck. Als Speaker spricht er vor Top-Managern, hält Workshops, begleitet Prozesse, provoziert und regt zum Nachdenken an.

Der folgende Roman ist als eine Mischung aus Performance und Literatur, vor dem Hintergrund der Griechenlandkrise, entstanden. Das Buch wurde symbolisch für den neoliberalen Geist der Firma Red Bull übergeben, um die Marke für alle Zeit mit dem Schicksal eines einzelnen Menschen zu verbinden und somit dauerhaft zu subjektivieren.

www.timothy-speed.com